Knaur®

Von E. Gambsch sind außerdem als Knaur-Taschenbücher erhältlich:

»Die 300 besten Ärzte-Witze« (Band 2768)
»Die 300 besten Polizisten-Witze« (Band 2769)
»Die 300 besten Beamten-Witze« (Band 2770)
»Die 300 besten Psychiater-Witze« (Band 2771)

Originalausgabe 1990

Umschlaggestaltung Dietmar Grosse
Satz IBV Satz- und Datentechnik GmbH, Berlin
Druck und Bindung Ebner Ulm
Printed in Germany 5 4 3 2 1
ISBN 3-426-02772-0

E. Gambsch (Hrsg.):
Die 300 besten Ehe-Witze

Mit Karikaturen von Dietmar Grosse

Knaur

Inhalt

»Geben Sie uns ein Bett mit irgendeinem Zimmer drumherum!«

oder

Die schönste Nacht ist die Hochzeitsnacht

Das junge Paar wartet bereits längere Zeit im Vorzimmer des Standesamtes. Schließlich erhebt sich die Braut und geht ins Zimmer des Standesbeamten.
»Müssen wir noch lange warten?« fragt sie. »Er wird nämlich schon nachdenklich...«

*

Der Brautvater sitzt mit seinem zukünftigen Schwiegersohn zusammen und erklärt: »Heute ist der glücklichste Tag in deinem Leben.«
»Heute?« wundert sich der junge Mann. »Ich heirate doch erst morgen.«
Meint der Brautvater vielsagend: »Eben drum!«

*

Kurz vor der Hochzeitsreise eilt die junge Frau in die Apotheke.
»Geben Sie mir bitte eine Großpackung Pillen gegen Seekrankheit und eine Klinikpackung Kondome.«
Meint der Apotheker: »Wenn es Sie krank macht, warum lassen Sie es nicht lieber bleiben?«

Es sagte der Standesbeamte:

»Heiraten bringt Musik in das Leben eines Mannes!«
Der Brautvater: »Stimmt, man lernt schnell, die zweite Geige zu spielen!«

Das Brautpaar steht vor dem Pfarrer. Die Trauung ist fast vollzogen. Leichenblaß unterbricht da der Bräutigam den Pfarrer: »Moment! Moment! Wie lange sagten Sie eben?«

Der Vater des jungen Bräutigams gibt seinem Sohn noch zwei Ratschläge mit in die Ehe.
»Erstens: Bestehe unbedingt auf einem freien Abend pro Woche, den du mit deinen Freunden verbringen kannst.«
»Klingt vernünftig«, meint der Bräutigam. »Und zweitens?«
»Vergeude diesen Abend bloß nicht mit deinen Freunden!«

*

Das junge Brautpaar kommt aus dem Standesamt, und die Braut jubelt: »Hurra, endlich brauche ich mit dir nur noch ins Bett zu gehen, wenn ich Lust dazu habe!«

*

Ganz jung sind sie beide nicht mehr. Als sie das Standesamt verlassen, bleibt er stehen, sieht sie prüfend an – und schüttelt den Kopf.
»Was hast du denn?« fragt sie unwillig. »Ist irgend etwas?«
»Laß nur«, murmelt er und zieht sie mit sich fort. »Jetzt ist es ja sowieso zu spät...!«

*

»Zehn zu eins wette ich, daß sie noch Jungfrau ist«, flüstert der Bräutigam dem Trauzeugen kurz vor der Trauung zu.
Die Braut hat mitgehört und hält ihm vor: »Noch nicht mal verheiratet, und schon wirfst du das Geld zum Fenster hinaus.«

JUNGESELLENABSCHIED

Der Standesbeamte schaut erst die Braut an, dann den Bräutigam. Schließlich schüttelt er den Kopf und sagt zu der Braut: »Der Mann, den Sie heiraten wollen, ist ja total betrunken. Kommen Sie wieder, wenn er nüchtern ist!«
»Unmöglich, das geht nicht!« protestiert die Braut.
»Wieso geht das nicht?«
»Weil er nüchtern niemals mit zum Standesamt käme!«

*

Während der kirchlichen Trauung vergißt der etwas zerstreute Bräutigam, den Ring hervorzuholen. Der Pfarrer deutet mit einer Geste an, wie man einen Ring an den Finger steckt.
Der Bräutigam errötet und sagt leise: »Aber Hochwürden, doch nicht hier vor allen Leuten!«

*

Die hübsche Ingrid hat geheiratet. Während sie im Taxi mit ihrem Mann nach Hause fährt, meint sie: »Ich muß doch direkt einmal ausprobieren, wie sich mein neuer Name schreibt. Hast du zufällig einen Scheck zur Hand, Liebling?«

*

Carola ist in den heiligen Stand der Ehe getreten. Nach der Trauung gesteht sie ihrem Mann: »Liebling, ich muß dir etwas beichten, und ich hoffe, du verzeihst mir. Ich bin nämlich Nymphomanin!«
Darauf er weltmännisch: »Aber Liebes, natürlich verzeihe ich dir alles, sogar wenn du eine Kriminelle wärest – Hauptsache ist, daß du mir treu bist...«

»Jetzt kann ich es dir ja sagen, Liebling«, sagt die Braut bei der Trauung, »die beiden Kleinen, die meine Schleppe tragen, gehören uns!«

*

Die Hochzeitsgäste unterhalten sich.
»Die Braut sah in der Kirche aber sehr müde und erschöpft aus«, meint der eine.
»Kein Wunder. Sie ist dem Bräutigam doch zwei Jahre lang nachgerannt!«

Es sagte der Schwiegervater:

»Jetzt, wo du meine Tochter geheiratet hast, hoffe ich doch sehr, daß du keine Dummheiten mehr machst.«
»Keine Angst, das war wirklich meine letzte!«

Die Hochzeitsfeier ist fast zu Ende, da sagt die Braut zum Bräutigam: »Geh schon ins Schlafzimmer, Liebling; wenn ich in fünf Minuten noch nicht da bin, fängst du schon mal ohne mich an, ja...?«

*

Ein winziger Liliputaner in der Hochzeitsnacht. Seine einsachtzig große Frau liegt schon im Bett. Er steigt zu ihr ins Bett, läuft immer wieder um sie herum und murmelt: »Gehört alles mir, gehört alles mir!«

Nach dem Hochzeitsfest begibt sich das junge Paar zum Hotelzimmer. Nervös fummelt der Mann mit dem Schlüssel herum und versucht fünf Minuten lang, ihn ins Schlüsselloch zu bekommen.
»Na«, seufzt die junge Frau, »das fängt ja gut an!«

*

»Bei mir geht alles auf Pfiff«, verkündet der frischgetraute Feuerwehrhauptmann in der Hochzeitsnacht. »Erster Pfiff: ausziehen, zweiter Pfiff: hinlegen, dritter Pfiff: los geht's!«
Plötzlich pfeift seine Braut. »Was ist los?« erkundigt er sich überrascht.
Sagt sie: »Mehr Schlauch, bitte!«

Es sagte der Hochzeitsfotograf:

»Darf ich denn jetzt bitte ein Bild von dem glücklichen Paar machen – der Braut und ihrer Mutter?«

Die Hochzeitsgäste sind gegangen, das Brautpaar ist endlich allein.
Verliebt flüstert er ihr ins Ohr: »Liebling, woran denkst du jetzt?«
Sie antwortet errötend: »Bestimmt an dasselbe wie du!«
»Prima! Dann laufen wir jetzt in die Küche, und wer dort als erster ankommt, darf das letzte Stück von der Hochzeitstorte essen!«

*

Klagt die Braut am Morgen nach der Hochzeitsnacht: »Mein Gott! Und der Ehering ist mir auch zu klein!«

Herbert ist empört, als er in der Hochzeitsnacht feststellt, daß seine Braut keine Jungfrau mehr ist, und weigert sich, in seine Rechte als Ehemann einzutreten.
Kopfschüttelnd meint sie nur: »Sei doch nicht albern, Herbert. Du hast schließlich auch die U-Bahn nicht gebaut und fährst regelmäßig mit ihr.«

*

In der Hochzeitsnacht stellt der Bräutigam an seine blutjunge Frau die inhaltsschwere Frage: »Bin ich auch wirklich der erste, der mit dir schläft?«
Versichert ihm die Braut: »Wenn du die Absicht hast zu schlafen, bist du ganz bestimmt der erste!«

*

Das frischvermählte Paar kommt ins Hotel.
»Bitte geben Sie uns das schönste Doppelzimmer für drei Nächte«, sagt der Mann.
Der Portier zwinkert der jungen Dame zu. »Da haben Sie aber großes Glück, mein Fräulein. Sonst nimmt er das Zimmer immer nur für ein paar Stunden.«

*

Lola erzählt vor der Hochzeitsnacht ihrem jungen Ehemann alles, was sie vorher angestellt hat, nennt die Namen und Qualitäten der Liebhaber. Zum Schluß fragt sie weinend: »Bist du mir jetzt böse, Liebling?«
»Aber woher denn«, meint er großzügig, »ich erwarte allerdings von dir, daß du dich jetzt deines schlechten Rufes würdig erweist!«

Ein Boxer in der Hochzeitsnacht. Er zieht sich aus, trommelt mit beiden Fäusten auf seinen mächtigen Brustkasten und sagt triumphierend: »Schau her, das sind einhundertachtzig Pfund Dynamit, mein Liebling!«
»Ja, ja«, sagt sie gedehnt, »so viel Dynamit und so wenig Zündschnur!«

*

»Wie war denn die Hochzeitsnacht?«
»Wie beim Schachspiel. Man kann sich die tollsten Züge und Varianten einfallen lassen – hinterher ist man immer matt!«

Es sagte die Braut:

»Ich glaube, du liebst mich nicht mehr!«
»Natürlich liebe ich dich noch. Aber man wird ja wohl mal zehn Minuten verschnaufen dürfen!«

Der uralte Millionär hat noch einmal geheiratet.
In der Hochzeitsnacht fragt er seine süße junge Braut: »Sag mal, Liebling, deine Mutter hat dich doch aufgeklärt?«
»Leider nein«, stammelt seine Frischangetraute errötend.
»Verdammt«, murmelt ihr Gatte, »und ich hab's vergessen!«

*

»Sei geduldig mit mir«, sagt die Braut in der Hochzeitsnacht zu ihrem Mann, »ich werde etwas Zeit brauchen, um mich daran zu gewöhnen, daß ich für diese Dienste von jetzt an auf den schönen Zaster verzichten muß!«

...UND ICH DACHTE, DU BIST ARZT!
SCHLACHT-HOF
HACHT-HOF
Grasse

Vor der Hochzeitsnacht. Sie zieht sich im Schlafzimmer aus. Er im Bad. Nach zehn Minuten kommt er im schwarzen Schlafanzug ins Schlafzimmer.
Da sagt sie: »Liebling, ich muß dir etwas gestehen. Du bist nicht der erste.«
Er dreht sich um und verschwindet wieder im Bad. Nach einer Weile kommt er zurück. Im gestreiften Pyjama.
»Und was soll das jetzt?« fragt sie.
»Nun, mein Kind«, meint der junge Ehemann, »in Schwarz gehe ich immer nur zur Premiere.«

*

Die Hochzeitsnacht ist vorüber, und die junge Ehefrau sagt beim Frühstück ganz glücklich: »Liebling, es ist herrlich, wenn man verheiratet ist.«
Brummt er: »Es ist immer herrlich, ob man nun verheiratet ist oder nicht.«

*

Das jungvermählte Paar ist nach der Hochzeitsfeier schnell im Hotelzimmer verschwunden, um endlich allein zu sein. Vor lauter Verliebtheit kommen sie nicht zum Schlafen, auch am folgenden Morgen kommen sie nicht zur Ruhe.
Da klopft es plötzlich an die Wand, und eine verzweifelte männliche Stimme fragt: »Junger Mann, können Sie nicht mal fünf Minuten Pause einlegen – ich möchte endlich meine Hose zuknöpfen!«

*

Der alte General hat ein blutjunges Mädchen geheiratet. In der Hochzeitsnacht zieht er plötzlich seine Pistole, richtet sie auf seinen Unterleib und brüllt: »Stehenbleiben, oder ich schieße!«

Am Morgen nach der Hochzeitsnacht fragt die junge Frau ihren Mann: »Hast du schon mal einen Pornofilm gesehen?«
Er sieht sie erstaunt an. »Wieso, habe ich was falsch gemacht?«

*

Das junge Paar hat sich für die Hochzeitsnacht ein hübsches Dorfhotel ausgesucht, das direkt neben der Kirche liegt. Unvorsichtigerweise hat der junge Ehemann seiner Frau versprochen, sie bei jedem Glockenschlag der Kirchturmuhr zu lieben.
Von zehn bis drei Uhr hält er tapfer durch. Dann schleicht er unter einem Vorwand hinaus, läuft schnell zum Küster hinüber und bietet ihm fünfzig Mark, wenn er die Glocke nur alle zwei Stunden läuten läßt.
»Ich würde es ja gern tun«, erwidert der Küster, »aber eben hat mich Ihre Frau angerufen und mir hundert Mark geboten, wenn ich die Glocke alle halbe Stunde läuten lasse!«

*

Der Schauspieler hat geheiratet und wird von seinem Freund gefragt: »Na, wie war denn die Hochzeitsnacht?«
»Weiß ich nicht«, sagt der Schauspieler, »ich hab' die Kritiken noch nicht gelesen.«

*

Sie stürmen ins Hotel, um die Flitterwochen zu beginnen.
»Welches Zimmer darf's denn sein?« fragt der Herr an der Rezeption. »Mit Seeblick, mit Dusche oder Bad, mit Fernsehen?«
»Ach, ganz egal«, meint der junge Mann, »geben Sie uns ein Bett mit irgendeinem Zimmer drumherum!«

»Wie lange wartet man eigentlich auf ein Kind?« fragt Claudia in der Hochzeitsnacht.
»Neun Monate natürlich«, meint verwundert der Bräutigam. »Weißt du das etwa nicht?«
Claudia daraufhin schnippisch: »Mir ist das schon seit Jahren bekannt, aber ich dachte, du wüßtest es noch nicht, oder warum hast du dich eben dermaßen beeilt?«

*

Bestürzt sieht der Empfangschef des Hotels, wie die blutjunge Ehefrau nach der Hochzeitsnacht die Treppen heruntergewankt kommt und sich durchs Foyer schleppt. Sie sieht aus wie ein geschlagener Boxer nach fünfzehn Runden.
»Um Gottes willen, was ist denn passiert?«
»Schnell«, keucht sie, »ich brauche die nächste Maschine nach Hause!«
»Dachte ich mir gleich«, murmelt der Empfangschef, »bei dem Altersunterschied!«
»Aber Sie mißverstehen das«, schluchzt sie, »mein Mann hat nur behauptet, er hätte sein Leben lang für seine künftige Frau gespart!«
»Na und? Warum sind Sie dann so in Panik?«
»Na ja, ich dachte da mehr an Geld und nicht an die Hochzeitsnacht!«

*

Am Morgen nach der Hochzeitsnacht liest er aus der Zeitung vor. »Liebling, hör mal, hier steht, daß man bei besonders leidenschaftlichem Sex dreihundert Kalorien verbraucht.«
Freut sie sich: »Das ist ja toll, da können wir uns glatt ein Frühstück mit dreitausend Kalorien leisten...«

Flitterwochen. Das junge Paar wird im Hotelzimmer von einem bewaffneten Gangster überfallen. Er malt mit Kreide einen Kreis auf den Fußboden und befiehlt dem Ehemann: »Da stellst du dich rein! Ein falscher Schritt, und ich knalle dich ab!« Dann zerrt er die Braut ins Bett und vergnügt sich mit ihr bis in die frühen Morgenstunden.
Kaum hat der Verbrecher den Raum verlassen, da brüllt der Ehemann los vor Lachen.
»Das findest du wohl sehr komisch, was?« fragt wütend die junge Frau.
»Und wie. Stell dir vor, ich hab' den Kreis dreimal verlassen, und der Kerl hat nichts gemerkt!«

Es fragte der Psychologe:

»Woran erkennt man das Ende der Flitterwochen? – Wenn ein Mann vor dem Zubettgehen seine Hosen ordentlich aufhängt!«

Am Morgen nach der Hochzeitsnacht bittet die junge Frau um ein Glas Wasser. Eilfertig springt der junge Ehemann aus dem Bett und bringt ihr das Gewünschte.
»Liebling, ist dir nicht gut?« fragt er.
»Doch«, erwidert sie, »ich wollte nur mal sehen, ob ich noch dicht bin!«

*

Das junge Paar verbringt auf seiner Hochzeitsreise die erste Nacht in einem kleinen Hotel. Am nächsten Morgen sagt der Besitzer: »Für einmal macht das achtzig Mark.« Der junge Mann murmelt etwas von unverschämten Preisen und legt fünfhundertsechzig Mark hin.

Die Hochzeitsreisenden übernachten in einem Hotel, das gegenüber einer Kaserne liegt. Morgens um sechs Uhr ist drüben Wecken.
»Rrraus!« brüllt der Spieß.
Da klammert sich die junge Frau an ihren Mann und flüstert: »Oh, Hans-Peter, laß dir nichts befehlen!«

*

Als der Bräutigam am Morgen nach der Hochzeitsnacht aufwacht, sitzt die Braut schon vor einem Bogen Papier und schreibt.
Sie blickt auf, sieht, daß er wach ist, und fragt: »Liebling, wie schreibt man eigentlich ›Fiasko‹?«
»Wieso willst du denn das wissen?«
»Ach, ich schreibe gerade an Mutter…«

»Was, eine innere Stimme hast du auch noch?«

oder

Die Freuden und Leiden der Ehe

Die junge Ehefrau macht ein unglückliches Gesicht. »Wir sind erst eine Woche verheiratet, und du kommst schon so spät nach Hause!«
»Ach, weißt du«, meint er, »ich konnte wirklich nicht früher kommen. Ich mußte in der Kneipe doch allen erst einmal genau erzählen, wie glücklich wir sind!«

*

Der Vater tröstet seinen jungverheirateten Sohn.
»Alle jungverheirateten Ehepaare streiten. Auch deine Mutter und ich hatten zwei, drei ernste Streitigkeiten, bevor wir darauf kamen, daß ich grundsätzlich im Irrtum bin.«

*

Das junge Ehepaar ist auf Wohnungssuche.
»Die Küche ist zwar etwas klein«, sagt der Wohnungsmakler, »aber für eine Mahlzeit pro Tag reicht sie sicher aus.«
Die beiden wundern sich. »Warum nur für eine?«
Der Makler zuckt die Achseln. »Mehr können Sie sich bei dieser Miete ja doch nicht leisten!«

Es sagte der Buchhändler:

»Und hier kann ich Ihnen die langerwartete Neuerscheinung zeigen: ›Die Freuden und Leiden der Ehe‹, vierhundertachtzig Seiten. Der erste Teil behandelt die Freuden der Ehe und der zweite Teil die Leiden der Ehe. Der zweite Teil beginnt auf Seite elf.«

Die Ehefrau schaut von ihrer Zeitung auf und sagt: »Hier steht, daß in manchen Gegenden Indiens die Männer ihre Frauen erst nach der Eheschließung kennenlernen.«
Knurrt ihr Mann: »Wie kommen die gerade auf Indien?«

*

»Heute ist es so heiß, daß ich am liebsten gar nichts anziehen würde«, sagt Florian, als er aus der Dusche kommt. »Was würden wohl die Nachbarn sagen, wenn ich jetzt so den Rasen mähe?«
Die Ehefrau ist nicht um eine Antwort verlegen. »Vermutlich, daß ich dich nur wegen deines Geldes geheiratet habe.«

*

Beim Abendessen seufzt sie: »Liebling, wir müssen unbedingt ein neues Bankkonto eröffnen.«
»Warum denn das?« will er wissen.
»Weil auf dem alten kein Geld mehr ist.«

*

»Für dich ist ein Einschreibebrief gekommen«, sagt die Ehefrau zu ihrem Mann, als er abends nach Hause kommt. »Auf dem Umschlag steht *persönlich* und *streng vertraulich.*«
Murrt der Ehemann: »Nun sag schon, was steht in dem Brief?«

*

»Herbert«, sagt die Ehefrau vorwurfsvoll, »eine innere Stimme sagt mir, daß du zuviel trinkst.«
»Was«, stöhnt ihr Mann, »eine innere Stimme hast du auch noch?«

SIE KOMMEN SPÄT LIEBE BRAUT
NA UND?! – SIND SIE SCHON FERTIG!??...
Grosse

Ziemlich angeheitert kommt der Ehemann nach Hause. »Entschuldige, Liebling«, stottert er, »wir haben nur ein kleines Wetttrinken veranstaltet.«
»Das rieche ich«, erwidert sie spitz. »Und wer wurde zweiter?«

Es schimpfte der Ehemann:

»Ständig kaufst du Sachen, die wir nicht brauchen, für Geld, das wir nicht haben, um Leute damit zu beeindrucken, die wir überhaupt nicht kennen!«

»Liebling, entschuldige, daß ich mich verspätet habe«, ruft die Ehefrau beim Nachhausekommen, »ich war im Schönheitssalon.«
»Schon gut«, knurrt er, »aber warum haben sie dich nicht drangenommen?«

*

Das Ehepaar steht vor einem eleganten Pelzgeschäft. Sie seufzt beim Anblick eines wunderschönen Persianermantels.
»Dieser Pelz ist ja ein Traum. Den möchte ich haben!«
Brummt er unwillig: »Dann hättest du als Karakulschaf auf die Welt kommen müssen!«

*

Heumann klopft seinem Freund auf die Schulter und meint gutmütig spottend: »Na, wie fühlt man sich denn so als junger Ehemann?«
Der andere seufzt. »Immer jünger. Jetzt rauche ich schon wieder heimlich auf der Toilette.«

Die junge Ehefrau kommt selig in die Wohnung gestürzt, läßt acht Pakete auf das Sofa fallen und umarmt ihren Mann.
»Schatz«, ruft sie hingerissen, »ich wußte ja gar nicht, daß du überall so viel Kredit hast!«

Es erklärte der Anwalt:

»Die Belastungen in der Ehe sind so groß, daß man sie mit einer Frau allein gar nicht ertragen kann.«

»Jeden Tag Gulasch!« brummt der junge Ehemann verdrossen. »Kannst du nicht mal was anderes kochen?«
»Ich habe es schon versucht«, antwortet sie etwas hilflos, »aber es wird immer wieder Gulasch!«

*

Fünf Stunden ist das Ehepaar schwitzend in den Bergen herumgeklettert; endlich, nach vielen Strapazen, ist man auf dem Gipfel.
Schwärmt er: »Sieh nur, wie herrlich das Tal da unten liegt und das reizende Dörfchen – und wie lieblich sich der Fluß zwischen Wäldern und Wiesen windet.«
Da unterbricht seine Frau ihn wütend: »Nun möchte ich bloß wissen, warum du mich stundenlang hier heraufkraxeln läßt, wenn es da unten so wundervoll ist!«

*

»Schatz«, sagt die junge Ehefrau bestimmt, »wir werden jetzt beide sparen. Deswegen wirst du ab sofort das Trinken aufgeben, und ich werde dir das Rauchen abgewöhnen!«

Das Ehebarometer steht auf Sturm.
»Jawohl«, brüllt der Ehemann, »du bist schuld, daß ich meinen Ehering verloren habe!«
»Habe ich ihn dir vielleicht abgezogen?« schluchzt sie.
»Das nicht. Aber ich habe dir seit Wochen gesagt, daß meine Jackentasche ein Loch hat!«

Es bat der Ehemann:

»Liebling, mach bitte beim Abwaschen die Küchentür zu. Ich kann einfach nicht mitansehen, wie du dich abrackerst.«

Mosler stellt sich im Urlaub auf eine automatische Waage, dann liest er seiner Frau das Horoskop vor, das auf der Rückseite der Karte steht.
»Sie sind ein großzügiger Mensch, stets charmant, überragend intelligent, besitzen ein heiteres Naturell, und das Glück wird immer auf Ihrer Seite sein.«
»Interessant«, meint seine Frau. »Jetzt bin ich nur gespannt, ob wenigstens das Gewicht stimmt.«

*

»Ich will mit meiner Frau zehn Tage Urlaub in Paris machen«, sagt Maierhofer im Reisebüro. »Was wird das kosten, alles in allem?«
»Etwa zweitausend Mark«, sagt der Reisebüroangestellte.
»Oh«, meint Maierhofer bedauernd, »dann muß ich wohl allein fahren.«
»In diesem Fall«, erwidert der Urlaubsspezialist, »sollten Sie mit dreitausend Mark rechnen.«

Der Ehekrach nähert sich seinem Höhepunkt.
»Ich habe es satt!« kreischt sie. »Wieso ziehen alle Männer eine Sexbombe einer intelligenten Frau vor?«
Er mustert sie von oben bis unten und sagt eisig: »Wie kommst du auf die Idee, daß du eine Sexbombe bist?«

*

Eichhofer ist mal wieder schlechter Laune. »Ich finde es ganz idiotisch, daß du immer eine andere Meinung hast als ich!« fährt er seine Frau an.
Daraufhin sie: »Was ist daran idiotisch? Wäre ich ständig deiner Meinung, hätte ich ja immer unrecht.«

*

Stolz erzählt der Forscher seiner Frau: »Zu deinem Geburtstag habe ich eine große Überraschung für dich.«
»Oh. Was ist es denn? Da bin ich aber neugierig.« Sie schaut ihn erwartungsvoll an.
»Also, wenn du's jetzt schon wissen willst, ich sag' es dir: Ich habe einen Virus nach dir benannt.«

*

Der Ehemann ist empört. »Bei diesem Sauwetter soll ich einkaufen gehen? Da schickt man ja keinen Hund auf die Straße!«
Erwidert seine Frau ungerührt: »Ich habe ja auch nicht gesagt, daß du den Hund mitnehmen sollst!«

*

Nach drei Jahren Ehe ist das Fernsehgerät kaputt.
»Mach Licht«, sagt er und greift nach einem Buch.
Darauf sie ganz erstaunt: »Was, du kannst lesen?«

Es freute sich die Ehefrau:

»Also, mein Mann und ich haben uns während unserer Ehe kein einziges Mal gestritten. Ich hoffe, die zweite Woche wird genauso gut!«

Ruft der Ehemann: »Liebling, wer war denn da an der Tür?«
»Ach, das war ein armer, alter Bettler. Ich habe ihm einen Teller Suppe und fünf Mark gegeben«, sagt die junge Frau.
»Und, hat er die Suppe gegessen?« fragt der Ehemann sehr interessiert.
»Natürlich.«
»Na, dann hat er sich die fünf Mark ja redlich verdient!«

*

»Ich schaffe mir jetzt endlich einen Hausfreund an«, klagt die junge Ehefrau. »Du interessierst dich ja doch nur für deinen Fußball. Du kennst zwar alle Spielergebnisse, aber an das Datum unserer Hochzeit erinnerst du dich nicht mehr!«
»Du irrst dich, Schatz«, protestiert er. »Das war doch der Tag, an dem Deutschland England drei zu zwei geschlagen hat!«

*

Möllners verabschieden sich auf einer Party vom Gastgeber.
»Warum wollen Sie denn schon gehen?« fragt dieser ganz erstaunt.
»Ach, wissen Sie«, meint Herr Möllner mit einem Seitenblick auf seine Frau, »wir haben noch einen langen Streit vor uns.«

Ein Ehepaar besichtigt auf einer Ägyptenreise die Sphinx.
»Warum man wohl von der Weisheit der Sphinx spricht?« meint die Ehefrau nachdenklich.
»Das ist doch klar«, brummt ihr Mann. »Weil sie die einzige Frau ist, die stets den Mund gehalten hat!«

Es jammerte die Ehefrau:

»Du hast mich nur geheiratet, weil ich ein bißchen Vermögen habe.«
»Das stimmt nicht, Schatz. Ich hätte dich auch geheiratet, wenn du sehr viel Vermögen gehabt hättest.«

Immer wieder fährt Landthaler um den Häuserblock, aber er findet keinen Parkplatz.
»Das sieht dir wieder mal ähnlich«, stellt seine Frau verbittert fest, »alle anderen haben einen Platz gefunden, nur du nicht!«

*

Dicke Luft am Eßtisch. Der Ehemann stochert im Essen.
»Wann wirst du endlich so gut kochen können wie deine Mutter?« mault er.
»Wenn du«, entgegnet sie ungerührt, »so viel Geld verdienst wie mein Vater.«

*

Eisige Stimmung daheim. Sie faucht: »Du kannst mir erzählen, was du willst. Das geht mir zum rechten Ohr rein und zum linken wieder raus!«
»Ja, ja, und es gibt nichts dazwischen«, seufzt er, »das es aufhalten könnte.«

Die Ehefrau hat sich etwas einfallen lassen.
»Karl-Heinz, du könntest doch wirklich einmal den Keller aufräumen«, meint sie.
»Aber natürlich, Liebling, das mache ich«, sagt er bereitwillig.
Nach kurzer Zeit kommt er in die Wohnung zurück.
»Was ist denn los?«
»Ach, nichts weiter. Ich habe nur den Korkenzieher vergessen.«

*

Die Ehefrau zittert unter der Bettdecke.
»Schatz«, flüstert sie, »als ich noch ein Kind war, hat mich meine Mutter in den Arm genommen und gewärmt, wenn ich fror.«
»Na und?« knurrt der Ehemann. »Erwartest du etwa, daß ich mitten in der Nacht aufstehe und deine Mutter hole?«

Es sagte die Ehefrau:

»Immer sagst du, daß das Geld nichts mehr wert ist, und dann machst du ein Mordstheater, wenn ich welches ausgebe!«

Schlechtgelaunt kommt der Ehemann nach Hause, wirft sich in den Sessel und greift zur Zeitung.
»Du solltest dir mal an unserem Nachbarn ein Beispiel nehmen«, hält ihm seine Frau vor. »Wenn der nach Hause kommt, umarmt er seine Frau und küßt sie zärtlich. Warum tust du das nicht auch?«
»Du hast vielleicht Nerven!« brummt er. »Ich kenne die Frau doch gar nicht!«

LIEBLING KANNST DU MIR MAL SCHNELL IN DER KÜCHE HELFEN?
GEHT NICHT, DIE TÜRE KLEMMT
Gresse

Angelika hat ihre besinnlichen Minuten und fragt ihren Mann: »Würdest du mich auch noch lieben, wenn ich für dich im Bett zu einer großen Enttäuschung geworden bin?«
»Aber natürlich«, versichert er. »Beweise ich es dir nicht täglich?«

*

Seit drei Tagen redet Frau Lehmann ihren Mann mit »Schatzi« an.
Knurrt er: »Es scheint sich diesmal wohl um ein größeres Objekt zu handeln.«

*

Die Ehefrau steht oben auf der Leiter und streicht die Zimmerdecke. Der Ehemann sitzt vor dem Fernseher und verfolgt fasziniert das Fußball-Länderspiel.
Da faucht die Ehefrau: »Falls ich hier runterfallen sollte, könntest du dann wohl in der Halbzeit den Krankenwagen rufen?«

Es sagte der Ehemann:

»Als die Nachbarn neue Möbel kauften, mußtest du auch neue haben, als sie einen Farbfernseher kauften, mußtest du auch einen haben – und mit dem Auto war es genauso. Doch was machen wir jetzt? Der Nachbar hat eine neue Frau!«

Er kommt von einem ausgedehnten Herrenabend nach Hause und findet den Lichtschalter nicht.
»Schatz«, sagt er kläglich, »nun fang doch endlich an zu schimpfen, sonst weiß ich nicht, wo das Bett steht!«

Nach einem heftigen Ehekrach kommt er reumütig nach Hause und sagt: »Komm, laß uns den Mantel des Vergessens darüber decken!«
Noch immer leicht schmollend fragt sie: »Nerz oder Persianer?«

*

Der reiche Fabrikant steht kurz vor dem Konkurs und beschließt Sparmaßnahmen.
»Liebling, wenn du ab heute selber putzt und kochst, können wir zwei Angestellte sparen.«
»Gern«, sagt sie. »Und wenn du endlich bumsen lernst, können wir den Chauffeur auch entlassen.«

Es grollte der Ehemann:

»Zwei Dinge sind es, die mich abhalten, mich von dir zu trennen – das eine hast du, und das andere habe ich.«

Der Ehemann sitzt zerknirscht am Frühstückstisch.
»Liebling, bitte sei nicht mehr böse, daß ich gestern betrunken und mit einem blauen Auge nach Hause gekommen bin«, sagt er.
Sie sieht ihn nachdenklich an. »Ist ja schon gut. Übrigens hattest du noch kein blaues Auge, als du nach Hause kamst.«

*

Die Ehefrau hat eine Überraschung für ihren Mann.
»Liebling, ich fahre morgen für ein paar Tage zu meiner Mutter. Kann ich noch etwas für dich tun?«
Erklärt er strahlend: »Nein, danke, das genügt!«

»Schluß!« brüllt Abelein seine Frau an. »Ich haue ab! Lieber fische ich im Eismeer oder jage im Dschungel, bevor ich noch einen Tag mit dir zusammenbleibe.«
Er reißt die Tür auf und macht auf dem Absatz kehrt.
»Da hast du noch mal Schwein gehabt! Es regnet.«

*

Schluchzend sagt sie zu ihrem Mann: »Du liebst mich nicht mehr. Du siehst, daß ich weine, und fragst nicht einmal, warum.«
»Tut mir leid, mein Schatz«, erwidert er, »aber diese Frage hat mich schon zu viel Geld gekostet!«

Es sagte der Psychologe:

»Ein vorbildlicher Ehemann sieht phantastisch aus, ist zärtlich, einfühlsam, stets freundlich, zuvorkommend und – schon längst mit einer anderen verheiratet.«

Wieder einmal Ehekrach.
»Unsere ganze Beziehung«, wütet sie, »war von Anfang an nichts als ein einziger Irrtum!«
Endlich einmal ist er ihrer Meinung. »Wem sagst du das! Eigentlich hatte ich damals nämlich einem Taxi gepfiffen.«

»Der Wind pfeift, das Meer tobt, und ich muß immer an dich denken!«

oder

Man gewöhnt sich an (fast) alles

Zwei Ehemänner treffen sich.
»Was machst du am Sonntag? Hast du schon was vor?« will der eine wissen.
»Ich lasse Drachen steigen, und du?«
Meint der erste nachdenklich: »Ich könnte eigentlich auch mal wieder mit meiner Frau eine Bergwanderung machen.«

*

Leidenschaftlich deklamiert der Redner: »Wer war tapferer als Prinz Eugen, klüger als Sokrates, geistvoller als Goethe und schöner als Apoll?«
Da ertönt eine Stimme aus dem Hintergrund: »Der erste Mann meiner Frau.«

Es fragte der Ehemann:

»Haben Sie schon meine reizende Frau gesehen?«
»Wieso – haben Sie zwei?«

»Fünf Kinder haben wir zusammen«, jammert sie ihrer Freundin vor, »und jetzt erklärt mir Hans-Peter, daß er mich nie geliebt hat!«
»Mensch, sei doch froh«, antwortet die Freundin, »stell dir bloß mal vor, wie viele Kinder du erst hättest, wenn er dich geliebt hätte...«

*

Ganz stolz erzählt Frau Lang ihrer Nachbarin: »Mein Mann hat jetzt das Rauchen aufgegeben.«
»Dazu gehört aber ein starker Wille«, erwidert die Nachbarin voller Anerkennung.
Versichert Frau Lang: »Keine Angst, den habe ich!«

Auf einem Ball flüstert eine besorgte Mutter ihrer Tochter zu: »Du mußt mehr auf deinen Mann achten, der flirtet ja dauernd mit anderen Frauen.«
»Keine Sorge«, winkt die junge Frau ab, »er ist noch immer so verrückt nach mir wie am ersten Tag.«
»Das mag schon sein«, meint die Mutter, »aber auch Verrückte haben mal einen lichten Moment.«

*

Endlich hat die Ehefrau sich ihre ergrauten Haare färben lassen. Alle finden es ausgezeichnet – nur ihr Mann nicht.
»Was hast du nur?« fragt ihn ein Bekannter. »Sie sieht doch jetzt zehn Jahre jünger aus.«
»Eben!« gibt der Ehemann wütend zurück. »Und ich bin derjenige, neben dem sie zehn Jahre jünger aussieht.«

*

Auf dem Nachhauseweg vom Büro fragt der Freund: »Wieso bist du denn heute so gut gelaunt? Hast du im Lotto gewonnen?«
»Nein, aber ich habe für meine Frau endlich einen blauen Papagei bekommen!«
Der Freund stößt einen Pfiff aus. »Das war aber ein wirklich guter Tausch!«

*

Auf dem Bridgeturnier geht es hoch her. Ein Spieler begeht einen eklatanten Fehler, es gibt Krach. Wütend wirft der Mann seine Karten hin und verläßt demonstrativ den Raum.
Fragt einer der Zurückbleibenden die einzige mitspielende Dame: »Ist das Ihr Gatte?«
Faucht sie: »Natürlich. Oder glauben Sie, ich hätte mit so einem Trottel ein Verhältnis?«

Es fragte der kleine Sohn:

»Papa, was ist ein Monolog?«
»Ein Dialog zwischen Eheleuten, mein Sohn.«

Die beiden Freunde haben sich zum Frühschoppen getroffen.
»Was ich dich schon lange fragen wollte«, meint der eine, »warum heiratest du eigentlich nicht?«
»Ehrlich gesagt, ich muß immer an deine Frau denken«, erwidert der andere.
»Was, du gemeiner Kerl, du liebst sie also?«
»Nein, nein«, beruhigt ihn der Freund, »aber ich befürchte immer, daß ich auch so eine erwischen könnte.«

*

Der Kollege hat Probleme mit seiner Ehefrau.
»Es gibt schwierige Fälle, in denen ein Mann seine Frau einfach belügen muß«, meint er achselzuckend.
»Das ginge ja noch«, knurrt sein Gegenüber, »aber es gibt noch schwierigere Fälle, in denen ein Mann seiner Frau einfach die Wahrheit sagen muß!«

*

Hugo sitzt mit grimmigem Gesicht vor seinem Bier. Schließlich nimmt er wieder einen Schluck und sagt zu Erwin: »Ich habe einfach genug! Mein Entschluß steht fest. Ich werde mich von der bösartigsten und streitsüchtigsten Frau der Welt scheiden lassen.«
Meint Erwin kopfschüttelnd: »Red doch nicht so einen Blödsinn. Wie kommst du denn dazu, dich von meiner Frau scheiden zu lassen?«

Völlig aufgelöst ruft Frau Ahlefeld beim Augenarzt an. »Ich flehe Sie an, Herr Doktor. Mein Mann ist auf dem Weg zu Ihnen. Verschreiben Sie ihm bloß keine Brille; unsere Ehe ist seit zehn Jahren ausgesprochen glücklich!«

*

Meinungsumfrage zum Thema Ehe. Die Interviewerin befragt die Ehefrau.
»Hatten Sie jemals Streit mit Ihrem Mann?«
»Nein, nie!« erklärt die Ehefrau. »Mein Mann ist immer meiner Meinung.«

Es überlegte der Ehemann:

»Sage ich meiner Frau nichts von meiner Gehaltserhöhung, hält sie mich für einen Trottel. Sage ich etwas, bin ich einer.«

Haslinger trifft seinen Freund.
»Wenn ich meine Frau nicht hätte, wäre ich gestern abend von einem Taschendieb ausgeraubt worden«, erzählt er ihm.
Der Freund staunt. »Donnerwetter. Deine Frau hat ihn also in die Flucht geschlagen?«
»Das nicht«, entgegnet Haslinger, »aber sie hatte mir schon vorher sämtliche Taschen geleert!«

*

Die Ehefrau bittet ihre Nachbarin: »Könnten Sie sich heute auf Ihrer Terrasse sonnen? Es wird nämlich höchste Zeit, daß mein Mann unseren Rasen mäht!«

Juwelier
KOMM, MEIN SCHATZ, ICH MACH DIR EINE FREUDE. - GIB MIR MAL SCHNELL DEINE KREDIT-KARTE...
Gresse

Moslers Frau ist durchgebrannt.
»Na, wie geht es dir denn so?« fragt ihn ein Kumpel mitfühlend.
»Ach, jetzt schon wieder ganz normal, aber in den ersten Tagen bin ich vor Freude fast verrückt geworden.«

Es sagte die Ehefrau:

»Mein Mann hat nie Launen. Er hat immer die gleiche miese Stimmung!«

»Kennst du die Geräte, die auf Anhieb herausfinden können, ob man lügt?« fragt der Kollege.
Kommt die brummige Antwort: »Allerdings, mit so einem Gerät bin ich seit fünfzehn Jahren verheiratet!«

*

Die Freundin schafft es mal wieder nicht, den Mund zu halten und raunt der Ehefrau zu: »Von deinem Mann habe ich ja wieder tolle Geschichten gehört!«
»Erzähl mal!« meint die Ehefrau ganz begierig. »Ich brauche dringend ein neues Kostüm!«

*

»Sie waren in den Vereinigten Staaten, wie ich höre?« fragt Würbser seinen Tischnachbarn. »Haben Sie auch die Niagarafälle besichtigt?«
»Aber selbstverständlich«, sagt der Amerika-Tourist.
»Stimmt es, daß sie solch unglaublichen Lärm machen?«
»Ich habe leider nichts gehört – Sie wissen doch, meine Frau redet pausenlos.«

Der junge Ehemann schüttet dem Schwiegervater sein Herz aus. »Ich werde einfach mit Claudias Launen nicht mehr fertig, Schwiegerpapa!«
Rät ihm der aus alter Erfahrung: »Dann zieh ihr doch das Höschen runter und hau ihr ein paar hinten drauf!«
Darauf der Schwiegersohn: »Hab' ich schon versucht. Aber immer, wenn ich das Höschen runter habe, kann ich ihr nicht mehr böse sein...«

*

»Ich bekomme von meinem Mann jeden Monat zweitausendfünfhundert Mark«, verkündet die Freundin.
»Toll! Und nur als Haushaltsgeld?«
»So nun auch wieder nicht. Fünfhundert Mark gibt er mir bar, und für zweitausend Mark bekomme ich Ratschläge, was ich mit den fünfhundert Mark alles kaufen soll.«

Es sagte der Missionar:

»Ich will ja nicht behaupten, daß meine Frau eine böse Zunge hat, aber die Wilden kommen von weit her, um mit ihrer Spucke die Pfeile zu vergiften.«

In einer Telefonzelle steht ein Mann und hält seit zehn Minuten den Hörer ans Ohr, ohne ein Wort zu sprechen. Ein anderer wartet draußen und ist schon ziemlich ungeduldig. Schließlich reißt ihm die Geduld. Er öffnet die Tür.
»Wenn Sie schon nicht sprechen, dann lassen Sie mich doch endlich telefonieren!«
»Stören Sie doch nicht«, zischt der andere. »Ich unterhalte mich mit meiner Frau.«

Unterhalten sich zwei Freunde.
»Wer ist eigentlich bei euch der Herr im Haus?« erkundigt sich der eine.
Meint der andere: »Das ist so: Meine Frau kommandiert die Kinder, die Kinder kommandieren den Hund – und ich kümmere mich um die Blumen...«

*

Die Kollegen sind nicht einer Meinung. »Ich weiß nicht, was du willst«, sagt der eine. »Deine Frau ist doch wirklich ein Juwel!«
Knurrt der andere: »Sicher, ich trage sie ja auch mit Fassung!«

Es schrieb der Ehemann:

Meine liebe Susi! Viele Grüße aus dem Urlaub. Der Wind pfeift, das Meer tobt, und ich muß immer an Dich denken!

Der Kollege wundert sich. »Warum nennst du Erwin immer deinen Kriegskameraden?« will er wissen. »Ihr seid doch wirklich viel zu jung, um im Krieg gewesen zu sein.«
»Das schon«, antwortet der andere, »aber wir haben am selben Tag geheiratet.«

*

Zwei Freunde treffen sich.
»Hör mal«, sagt der eine, »du trägst ja deinen Ehering am falschen Finger.«
»Ja«, erwidert der andere traurig, »ich habe ja auch die falsche Frau geheiratet!«

ICH BINS! –
IST DAS ESSEN
FERTIG?
Grosse

Die Ehefrau schüttet ihr Herz aus.
»Mein Mann ist ein Unhold. Seit zwanzig Jahren bin ich mit ihm verheiratet, ich war die ganze Zeit über unglücklich.«
»Warum lassen Sie sich denn nicht scheiden?«
»Wie käme ich dazu, ihn nach all dem, was er mir angetan hat, glücklich zu machen!«

*

»Vielleicht sollte ich einmal mit dir reden«, überlegt die Freundin laut. »So geht es ja nicht weiter. Dein Mann hat mir erzählt, er führe zu Hause ein Hundeleben.«
»Stimmt ganz genau«, bestätigt die Ehefrau, ohne mit der Wimper zu zucken, »er kommt mit schmutzigen Füßen nach Hause, macht es sich am Kamin bequem, knurrt und lauert auf das Essen!«

*

Eine füllige Ehefrau beklagt sich bei ihrer Freundin: »Mein Mann behandelt mich miserabel. Ich leide so darunter, daß ich ständig abnehme.«
Sagt die Freundin: »Warum trennst du dich nicht von ihm?«
Meint die andere: »Das werde ich auch – aber erst, wenn ich fünfundfünfzig Kilo wiege...«

Es sagte der Eheberater:

»Vor der Ehe lassen manche Frauen den Partner schmoren; danach bringen sie ihn oft in erstaunlich kurzer Zeit zum Kochen.«

Bei einem Fest starrt der Ehemann hingerissen auf die hübschen Mädchen und stellt anerkennend fest: »Ganz schön viel Frischfleisch hier!«
»Stimmt«, seufzt sein Nachbar, »aber ich habe leider meine eigene Konserve dabei.«

*

Die Kollegen reden über ihre Frauen.
»Seit einem halben Jahr treibt meine Frau nun auch Bodybuilding, um jünger zu erscheinen.«
»Und der Erfolg?«
»Jetzt sieht sie nicht mehr aus wie eine Frau von dreiundvierzig, sondern wie ein Mann von fünfunddreißig.«

Es seufzte der Ehemann:

»Kommt man früh nach Hause, denkt sie, man will noch was. Kommt man spät, denkt sie, man habe schon.«

Die Ehefrau sitzt tränenüberströmt zu Hause.
»Mein Mann hat mich verlassen.«
»Der kommt bestimmt zurück.«
»Diesmal nicht«, schluchzt sie, »er hat seinen Computer mitgenommen.«

*

Die Clubkameradin macht ein ernstes Gesicht.
»Ich sehe, Sie tragen Trauer? Ihr Mann ist doch nicht etwa gestorben?«
»Das nicht. Aber er benimmt sich in der letzten Zeit so schlecht, daß ich wieder Trauer um meinen ersten Mann angelegt habe.«

»Was hat denn Frau Giese ihrem Mann zum Geburtstag geschenkt?«
»Ein silbernes Zigarettten-Etui mit ihrem Bild auf der Innenseite.«
»Oh, da wird er sich wohl sehr gefreut haben?«
»Ich weiß nicht recht – er hat sich danach das Rauchen abgewöhnt!«

*

Umhauser ist zwar nur einssiebzig groß, aber er hat sich trotzdem als Rausschmeißer in einer Hafenkneipe beworben.
Der Wirt winkt ab. »Tut mir leid, aber ich brauche jemanden, bei dessen Anblick die Betrunkenen erstarren vor Schreck, jemanden mit Durchsetzungsvermögen und viel Kraft...«
Bedauernd meint Umhauser: »Also, da kann ich Ihnen nur eines raten: Engagieren Sie meine Frau!«

»Bald können wir den Dreißigjährigen Krieg feiern!«

oder

Womit hab' ich das verdient?

Ein Ehepaar, das sich auf einer Party seit Beginn des Abends nicht mehr gesehen hat, steht sich plötzlich wieder gegenüber.
»Mein Gott, wie dich sechs Whisky verändert haben!« stellt sie giftig fest.
»Ich habe keine sechs Whisky getrunken«, verteidigt er sich.
»Aber ich.«

*

Ein Ehepaar geht spazieren. Plötzlich sagt der Mann zu seiner jungen Frau: »Schnell, mach ein glückliches Gesicht, da vorn an der Ecke steht meine erste Frau!«

Es definierte der Soziologe:

»Die Ehe ist ein Unternehmen, bei dem man lebenslänglich kriegt und keine Ahnung hat, wofür.«

Die Ehefrau ist überhaupt nicht zufrieden und beschwert sich bei ihrem Mann: »Du bist wirklich nicht sehr nett zu mir, Joachim. Andere Männer heben ihre Frauen in den Himmel!«
Da knurrt er: »Das täte ich auch, wenn ich genau wüßte, daß du für immer dort bleiben würdest!«

*

»Morgen ist unsere silberne Hochzeit«, sagt die Bäuerin zum Bauern. »Wollen wir für dieses Fest nicht das Schwein schlachten?«
»Wieso?« Der Bauer sieht seine Frau erstaunt an. »Das Schwein kann doch nichts dafür.«

Herr und Frau Haslinger sind in den Tierpark gegangen. Besonders die Affen haben es ihnen angetan. Plötzlich greift ein Gorilla durch die Gitterstäbe, zerrt Frau Haslinger in den Käfig, reißt ihr die Kleider herunter und will sich über sie hermachen.
Ruft sie verzweifelt: »Otto, was soll ich denn nur machen?«
Ruft er zurück: »Sag doch wie üblich, daß du Kopfschmerzen hast!«

*

Dialog am Frühstückstisch.
Er: »Sag mal, denkst du noch manchmal an deinen blonden Ex-Freund?«
Sie: »Und ob. Andreas werde ich nie vergessen.«
Er: »Schade, daß du ihn nicht geheiratet hast.«
Sie: »Wieso?«
Er: »Ich lese gerade in der Zeitung, daß er gestern seine Frau umgebracht hat.«

*

Die Ehefrau schmiedet eifrig Pläne. »Du, Liebling, bald sind wir fünfundzwanzig Jahre verheiratet. Dann werden wir ganz groß unsere Silberhochzeit feiern!«
Mürrisch antwortet er: »Ja, und wenn wir dann noch fünf Jahre warten, können wir den Dreißigjährigen Krieg feiern...«

*

Eine ältere Dame wird gefragt, warum sie nicht geheiratet hat.
Sie überlegt einen Moment, dann sagt sie: »Ich besitze einen Hund, der bellt, einen Papagei, der flucht, einen Kamin, der raucht, und eine Katze, die streunt. Warum sollte ich heiraten?«

LIEBST DU MICH NOCH?
ANZEIGER
Grosse

Die junge Ehefrau redet ihrem etwas arbeitsscheuen Mann ins Gewissen.
»Ich bin beschämt über die Art, wie wir leben müssen. Meine Mutter zahlt für uns die Miete und das Telefon, Onkel Herbert kauft uns Kleidung, und meine Schwester schickt Geld für Lebensmittel. So kann das doch nicht mehr weitergehen!«
Antwortet ihr Göttergatte: »Recht hast du – deine beiden Brüder könnten auch mal ein paar Mark lockermachen.«

Es fragte die Tochter:

»Papa, sag mal, warum hast du Mama eigentlich geheiratet?«
»Siehst du, Margarete, nicht mal das Kind versteht es!«

Die Ehevermittlerin geht noch einmal ihre Kartei durch, dann erklärt sie: »Dieser Herr ist das beste, was ich auf Lager habe; intelligent, gutaussehend, sympathisch...«
Die Interessentin wehrt ab: »Danke, mit dem war ich fünf Jahre lang verheiratet!«

*

Morgenritt am Tag nach der Hochzeit. Das Pferd des Mannes will sich den Sattel nicht auflegen lassen. Der Mann schaut das Tier scharf an und sagt betont: »Eins!«
Man reitet los. Im nahen Wald scheuert sich das Pferd an einer Eiche und klemmt das Bein des Mannes ein. Dieser steigt ab, fixiert das Tier abermals und sagt betont: »Zwei!«
Auf dem Heimritt scheut das Pferd vor einem Bach und wirft seinen Reiter ab. Dieser erhebt sich, schaut das Tier

noch einmal scharf an und sagt betont: »Drei!«, zieht einen Revolver und erschießt es.
Die junge Ehefrau, erregt über diesen Vorfall, macht ihrem Mann die bittersten Vorwürfe. Der schaut sie daraufhin scharf an und sagt betont: »Eins!«

*

»Ja, ja, Heinrich«, philosophiert die Ehefrau, »die Ehe ist eine Lotterie, der eine kriegt einen Haupttreffer, der andere eine Niete!«
»Stimmt, Liebling«, erwidert er, »du hast mich gekriegt, und ich habe dich bekommen!«

*

Schluchzend fragt Frau Grasmück ihren Mann: »Hubert, hast du eigentlich vergessen, daß ich dich heute vor fünfundzwanzig Jahren geheiratet habe?«
Er sieht sie böse an. »Nein, zum Teufel, vergessen kann ich das nicht, aber ich habe dir mittlerweile verziehen!«

*

Er raucht gemütlich seine Pfeife, sie sitzt neben ihm und strickt.
»Weißt du nicht, daß Tabak ein langsames Gift ist?« fragt sie etwas vorwurfsvoll.
»Geduld, nur Geduld«, antwortet er sanft, »ich kann schließlich nicht Arsen nehmen, nur um dir einen Gefallen zu tun.«

*

Moser sitzt betrunken im Taxi und jammert: »Wenn ich doch nur eine Maus wäre!«
»Warum denn?« wundert sich der Taxifahrer.
»Weil eine Maus das einzige Wesen ist, vor dem meine Frau sich fürchtet.«

Elvira macht einen Besuch in der Strafanstalt.
»Wie kommst du denn finanziell zurecht?« fragt ihr Mann besorgt.
»Ach, ganz prima«, tröstet sie ihn. »Mit der Belohnung, die für deine Ergreifung ausgesetzt war, kann ich noch mindestens vier Jahre sorgenfrei leben...«

*

»Sie stehen hier schon seit Stunden am Strand und schauen aufs Meer. Warum?«
»Vor vier Stunden habe ich mit meiner Ollen gewettet, wer länger tauchen kann.«
»Und?«
»Sie hat gewonnen...«

*

An einem der Gräber steht ein Mann, und die Tränen laufen ihm übers Gesicht.
»Warum bist du nur gestorben, warum?« sagt er immer wieder.
Eine Friedhofsbesucherin sieht, daß er vor dem Grab eines Mannes steht, und fragt mitleidsvoll: »War es Ihr Bruder oder Ihr Sohn?«
»Nein«, sagt der Mann voller Verzweiflung, »es war der erste Mann meiner Frau!«

*

Obwohl vom Eheglück nichts übriggeblieben ist außer ständigem Kleinkrieg oder erbittertem Schweigen, fragt der Ehemann honigsüß, was sich die verehrte Frau Gemahlin denn zum Geburtstag wünsche.
»Was ich mir wünsche, ist eine Scheidung!« faucht sie ihn an.
Er zuckt die Achseln. »Tut mir leid, meine Liebe, aber so viel wollte ich nicht ausgeben.«

Brigitte kommt ins Krankenhaus, um ihre beste Freundin zu besuchen, und sagt mitleidig: »Mein Gott, ich habe zwar immer damit gerechnet, daß dein Mann dich eines Tages fallenläßt, aber doch nicht gleich aus dem zweiten Stock...!«

*

Die Ehefrau ist in die Zeitung vertieft. Plötzlich sagt sie: »Du, Georg, hier in der Zeitung steht, daß man in einigen afrikanischen Ländern eine Frau für vierzig Dollar kaufen kann. Schrecklich!«
»Wieso schrecklich?« fragt er verständnislos. »Eine gute Frau ist das wert!«

*

»Erinnerst du dich noch, Hans-Dietrich? Als wir uns kennenlernten, war gerade ein Gewitter. Es hat schrecklich gedonnert und geblitzt.«
»Ja, und ich Esel habe diese Warnung der Natur damals leider nicht verstanden.«

Es sagte die Dreizehnjährige:

»Ich lese hier gerade Papis Liebesbriefe an dich. – Und auf so einen beknackten Scheiß bist du reingefallen?«

Der Haussegen hängt wieder einmal schief. Die Ehefrau faucht ihren Mann böse an: »Ich habe dir die besten Jahre meines Lebens gegeben!«
Schreit er empört zurück: »Dafür hast du auch die besten Seiten meines Scheckheftes bekommen!«

Es ist schon spätabends, aber der Fußballfan sitzt noch immer voller Begeisterung vor dem Fernseher, in dem ein Fußball-Länderspiel übertragen wird. Um ihn endlich ins Bett zu locken, stellt sich die junge Ehefrau auf einmal nackt vor den Bildschirm.
Fragt ihr Mann ironisch: »Glaubst du tatsächlich im Ernst, daß du mit deiner Figur gegen Brasilien antreten kannst?«

*

Koller will den Urlaub mit seiner Frau an der Nordsee verbringen. Vollbeladen mit Gepäck steht er im Bahnhof, wartet, bis er am Fahrkartenschalter an der Reihe ist. Er löst eine Rückfahrkarte und eine einfache Fahrkarte.
Verwundert schaut ihn seine Frau an. »Für wen ist denn die einfache Karte?«
»Für dich.«
»Aber ich brauche doch auch eine Rückfahrkarte.«
»Wer weiß«, brummt Koller. »Schwimmen kannst du nicht, passieren kann immer etwas, und ich kann mein Geld ja nicht zum Fenster hinauswerfen.«

*

Dicke Luft bei Lehmanns.
»Du bist ja schon wieder betrunken!« schimpft sie.
»Sei bloß still«, antwortet er lallend, »es ist schon Strafe genug, daß ich dich doppelt sehe!«

*

Die Ehefrau kommt zum Feinkosthändler.
»Welchen Wein können Sie uns zum zehnten Hochzeitstag empfehlen?« erkundigt sie sich.
»Das kommt ganz darauf an, gnädige Frau – wollen Sie feiern oder vergessen?«

Grosse

Das Haus brennt lichterloh. Das Ehepaar kann sich gerade noch in letzter Minute retten.
Draußen strahlt sie ihn an. »Ich bin ja so glücklich, Hans-Peter – das ist seit zwölf Jahren das erste Mal, daß wir zusammen ausgehen!«

*

Ein Jahr sind sie jetzt verheiratet.
»Ach, weißt du«, sagt sie ganz glücklich, »die Liebe ist doch etwas Wunderbares.«
»Ja, ja«, meint er friedlich, »aber mit dir ist es auch ganz nett.«

Es sagte die Ehefrau:

»Und merke dir, du kannst jeden Tag durch eine Geschirrspülmaschine ersetzt werden!«

Der Ehemann kommt weit nach Mitternacht von seiner Stammtischrunde nach Hause. Seine Frau empfängt ihn ziemlich wütend.
»Daß du mir überhaupt noch ins Gesicht sehen kannst...«
Brummt der Spätheimkehrer: »Man gewöhnt sich an alles.«

*

Der Ehemann erklärt seiner Frau: »Ich habe vorgesorgt und eine Lebensversicherung über hunderttausend Mark abgeschlossen.«
»Lieb von dir, Schatz«, meint sie. »Jetzt brauchst du wenigstens auch nicht mehr wegen jeder Kleinigkeit zum Arzt.«

Ein Mann sitzt in der Bar, und je später es wird, desto weniger traut er sich nach Hause zu seiner Frau. Nach mehreren Doppelten kommt ihm eine blendende Idee.
Er greift zum Telefon, und als seine Frau sich meldet, ruft er aufgeregt hinein: »Elfriede, zahl auf keinen Fall das Lösegeld, ich bin ihnen gerade entwischt!«

*

»Passen Sie bloß auf«, meint der Bauer zum Apotheker. »Also, das eine Mittel ist für meine Frau, das andere für mein krankes Pferd. Verwechseln Sie um Gottes willen nicht die Aufkleber!«
»Keine Sorge!« beruhigt ihn der Apotheker.
»Ich mein' ja auch nur – daß mir um alles in der Welt bloß nichts mit dem Gaul passiert...«

*

Der Gastgeber erzählt seinen Gästen von den phantastischen Wirkungen der Hypnose. »Bei unserer letzten Safari in Afrika hat uns Hypnose das Leben gerettet. Stellen Sie sich vor, meine Frau und ich haben uns ein paar Schritte vom Lager entfernt, dummerweise ohne Waffen, da jagt ein Löwe auf uns zu. Was sollten wir tun? So starrte ich ihm nur in die Augen und befahl ihm: ›Du darfst meine Frau nicht fressen... Du darfst meine Frau nicht fressen...‹, so lange, bis der Löwe die Augen abwandte, den Schwanz einzog und mit einem Satz im Gebüsch verschwand.«
In diesem Augenblick öffnet sich die Tür, und die Frau des Gastgebers erscheint endlich.
Einen Moment herrscht Schweigen, dann fragt einer der Gäste: »Und warum sollte der Löwe sie nicht fressen?«

»Du bist ja vollkommen betrunken«, zischt sie ihren Mann angewidert an. »Eine Woche lang hast du keinen Alkohol angerührt, und ich war so glücklich. Und jetzt...«
»Und jetzt«, lallt er mit verklärtem Gesicht, »bin ich wieder dran, glücklich zu sein.«

*

Sie wollen ihren siebenjährigen Hochzeitstag feiern. Die Ehefrau stellt die Gästeliste zusammen.
»Hör mal, Oswald. Ich habe meinen früheren Verlobten eingeladen. Hast du was dagegen?«
»Ach wo«, knurrt er. »Ich sehe gern glückliche Gesichter um mich.«

*

Das Ehepaar sitzt im Kino.
»Ob sie am Schluß wohl heiraten?« flüstert die Ehefrau erwartungsvoll.
»Natürlich«, meint er, »solche Filme enden immer tragisch.«

»Haben Sie es schon mal mit Gift versucht?«

oder

Strafverschärfung: Schwiegermütter

Die junge Frau haucht ihrem Mann zärtlich ins Ohr: »Liebling, freu dich, bald werden wir zu dritt sein.«
Er staunt. »Tatsächlich?«
»Ja, Liebling.« Sie strahlt. »Meine Mutter kommt nächste Woche und zieht bei uns ein – ist das nicht schön?«

*

»Herzlich willkommen«, begrüßt der Schwiegersohn seine Schwiegermutter an der Haustür. »Wie lange willst du denn bei uns bleiben?«
»Ach, nur so lange, bis ich euch auf die Nerven falle.«
Sagt der Schwiegersohn: »Ach, so kurz nur…!«

*

Gerhards Schwiegermutter ist dahingegangen. Der Herr vom Bestattungsinstitut fragt nach den Wünschen. »Normales Begräbnis oder Einäscherung?«
»Beides!« bestimmt der Schwiegersohn. »Ich will sichergehen.«

Es fragte der Spaßvogel:

»Was ist die Höchststrafe für Bigamie? – Zwei Schwiegermütter!«

Der Ehemann kauft ein.
»Ich brauche ein Pfund Mandarinen für meine Schwiegermutter. Sind die mit irgendeinem Gift gespritzt?«
»Nein«, meint der Obstverkäufer, »aber nebenan in der Apotheke bekommen Sie bestimmt etwas Passendes.«

Die Schwiegermutter redet ihrer Tochter ins Gewissen. »Barbara«, droht sie, »falls dein Mann wieder betrunken ist, wenn ich euch besuche, drehe ich mich auf der Stelle um und komme nie wieder!«
Die Tochter legt erschrocken den Finger auf den Mund. »Um Gottes willen, nicht so laut, Mama. Wenn Manfred das hört – der wird ja nie wieder nüchtern...«

*

Ein Witwer hat wieder geheiratet, und zwar die Schwester seiner verstorbenen Frau.
»Lieben Sie sie denn?« fragt ein Bekannter.
»Das nicht«, meint der Ehemann achselzuckend, »aber warum soll ich mich in meinem Alter noch an eine neue Schwiegermutter gewöhnen?«

*

Die Schwiegermutter ist ohnmächtig geworden.
»Man muß sie wieder zu sich bringen«, sagt der herbeigerufene Arzt. »Leider muß ich ihr zu diesem Zweck ein paar Ohrfeigen geben.«
Da ruft der Schwiegersohn: »Oh, bitte, Herr Doktor, lassen Sie mich das machen. Schon seit zehn Jahren warte ich auf diese Gelegenheit!«

*

»Hör mal, mein Junge!« sagt die Schwiegermutter mit drohend erhobener Stimme. »Gestern war deine liebe Frau, meine Tochter, bei mir...«
»Hab' ich mir's doch gedacht«, meint der Schwiegersohn. »Sie nimmt einfach alles zu wörtlich. Ich habe ihr nämlich gesagt, sie solle sich gefälligst zum Teufel scheren...«

SEIT MICH MEINE FRAU VOR EINEM HALBEN JAHR BETROGEN HAT ESS ICH NUR NOCH KALBFLEISCH. DAS HAT SIE NUN DAVON!
Gosse

Aufgeregt ruft der Nachbar über den Zaun: »Schnell, Herr Köstler, meine Dogge und Ihre Schwiegermutter sind aneinandergeraten!«
Köstler bleibt völlig unbeeindruckt. »Nur keine Aufregung, Herr Nachbar, der Hund wird sich bestimmt zu wehren wissen.«

*

Ein kleiner Mann steht vor Gericht, weil er seine Schwiegermutter erschlagen hat.
»Was hat Sie eigentlich bewogen, die Hand gegen Ihre Schwiegermutter zu erheben?« fragt der Richter.
»Nun«, antwortet der Angeklagte und stellt sich auf die Zehenspitzen, »sie hatte mir den Rücken zugekehrt, die Bratpfanne stand griffbereit, und die Küchentür war zur raschen Flucht geöffnet.«

*

Der Kegelbruder erkundigt sich teilnahmsvoll: »Ja, sag mal, Rudi, woher hast du denn dieses tolle blaue Auge?«
»Vom Beten«, lautet die erstaunliche Antwort.
»Wieso denn das?«
»Ja, weißt du, als wir gestern ›...und erlöse uns von dem Übel‹ gebetet haben, habe ich zufällig meine Schwiegermutter angesehen, und das muß sie mißverstanden haben.«

*

Die Ehefrau ist schon ganz nervös vom Suchen.
»Liebling, hast du mein Buch gesehen?« fragt sie schließlich ihren Mann.
»Welchen Titel meinst du denn?« fragt er zurück.
»Wie man hundert Jahre alt wird.«
»Das habe ich weggeworfen.«
Sie ist ganz entgeistert. »Aber warum denn?«
Meint er entschuldigend: »Deine Mutter wollte es lesen.«

Der Kollege schüttelt den Kopf und meint: »Immer diese blöden Schwiegermutter-Witze. Also, ich vertrage mich mit meiner ausgezeichnet.«
»Wo wohnt sie denn?«
»In Australien...«

*

Der Ehemann klagt einem Freund: »Meine Schwiegermutter ist wie eine Tageszeitung.«
»Warum? Redet sie so viel?«
»Nein, sie erscheint täglich!«

Es überlegte der Stammtischbruder:

»Was ist der Unterschied zwischen der Schwiegermutter und einer Zigarre? Bei der Zigarre sind die ersten Züge die besten...«

Karl-Heinz ruft mitten in der Nacht seinen Freund an. »Komm sofort, meine Schwiegermutter will aus dem Fenster springen!«
»Halt sie solange fest!« rät der Freund. »Ich bin gleich da.«
»Was heißt festhalten? Ich krieg' das Fenster nicht auf!«

*

»Und wenn du es genau wissen willst«, faucht Gerd seine Schwiegermutter an, »ich lasse mich nur deinetwegen von deiner Tochter scheiden!«
Die alte Dame schlägt errötend die Augen nieder. »Aber, Gerd...«

Die Ehefrau ist schwerkrank, der Ehemann sitzt sorgenvoll an ihrem Bett.
»Hugo, wenn ich sterben sollte, dann versöhne dich mir zuliebe mit meiner Mutter«, bittet die Schwerkranke. »Zehn Jahre habt ihr kein Wort miteinander geredet!«
Er verspricht es ihr.
»Ich danke dir, Hugo. Und zum Zeichen der Versöhnung bitte ich dich, bei meiner Beerdigung mit meiner Mutter Arm in Arm zu gehen.«
Der angehende Witwer seufzt schwer. »Gut, ich werde bei deinem Begräbnis Arm in Arm mit deiner Mutter gehen. Aber das sage ich dir, Elsa: Die ganze Freude an dem Tag ist mir dann verdorben!«

*

Lehmann kommt zur Eheberatungsstelle.
»Ich liebe meine Frau und könnte auch wirklich eine glückliche Ehe führen«, schildert er die Situation. »Nur wohnt bei uns meine Schwiegermutter, und die treibt mich allmählich zum Wahnsinn. Was soll ich bloß tun?«
Der Psychologe überlegt eine Weile und meint dann: »Ganz unter uns gesagt: Haben Sie es schon mal mit Gift versucht?«

*

Die Schwiegermutter ist gestorben, und Hufnagl erkundigt sich nach einem preisgünstigen Sarg.
Der Verkäufer zeigt ihm verschiedene Modelle, doch Hufnagl schüttelt immer nur den Kopf, bis der Verkäufer die Geduld verliert.
»Okay, okay, bringen Sie Ihre Schwiegermutter vorbei, dann machen wir Griffe dran.«

... SO, SO, FRAU MAIER. IHR MANN KÜMMERT SICH ALSO NICHT UM SIE.
DR. SIEGFRIED BR
DIPL. PSYCHOLOG

»Na, was gibt's Neues, alter Junge?« fragt der Freund.
»Stell dir vor, meine Schwiegermutter ist gestern in Wien überfahren worden!«
Da lächelt der andere und meint versonnen: »Ja, ja, Wien bleibt eben Wien!«

*

Kirchberger kommt von der Beerdigung seiner Schwiegermutter zurück. Als er gerade die Haustür aufschließen will, fällt ihm ein Ziegel auf den Kopf.
Murmelt Kirchberger ganz benommen vor sich hin: »Die scheint ja schon oben zu sein...«

»Sie sollten was für Ihr Liebesleben tun...«

oder

Ein Glas Wasser anstatt

Das Ehepaar hat sich gestritten, sie zieht ins Wohnzimmer. Er hält durch – acht Tage, zehn Tage, zwölf Tage. Am zwölften Tag klopft es an die Tür des Schlafzimmers.
»Ich bin böse mit dir; ich lasse dich nicht rein!« ruft sie.
Antwortet ihr Mann draußen: »Schau erst mal nach, womit ich geklopft habe...«

*

Bachhuber kommt mitten in der Nacht angeheitert nach Hause und rennt im Schlafzimmer eine Bodenvase um.
Wütend faucht er seine Frau an: »Himmel, wieso steht denn im Schlafzimmer plötzlich eine Vase?«
Giftet seine Frau zurück: »Damit in unserem Schlafzimmer endlich auch mal was steht!«

Es sagte die Ehefrau:

»Hart ist hart. Und weich ist weich. Aber immer weich ist schon sehr hart.«

Eine junge Frau sitzt auf einer Bank im Park. Einer der Spaziergänger hat sich neben sie gesetzt. Zu ihren Füßen spielen sechs Kinder – drei Zwillingspärchen.
»Kriegen Sie eigentlich immer Zwillinge?« fragt neugierig der Mann auf der Bank.
»O nein«, flüstert sie errötend, »meistens bekommen wir gar keine!«

*

Mitten in der Nacht weckt Hufnagel seine Frau und flüstert: »Du, da schleicht einer. In der Wohnung ist ein Mann!«
Seufzt sie: »Na endlich!«

Die Familie sitzt beim Frühstück. Plötzlich fragt der kleine Sohn: »Du, Mutti, was ist eigentlich Geschlechtsverkehr?«
Da schaut die Mutter ihren Ehemann eine Weile nachdenklich an und sagt dann zögernd zu ihrem Sohn: »Ich wußte es mal. Aber ich hab's schon lange vergessen...«

*

Zwei Urlauber auf Sylt haben sich in den Sand eingegraben. Nur das, was sie zu Urlaubern und nicht zu Urlauberinnen macht, haben sie frei vom Sand gelassen. Die Sonne kitzelt, die Sonne wärmt – und plötzlich richten sich die Männlichkeiten zu voller Größe auf.
In diesem Moment kommt ein junges Ehepaar vorbei. Sie eilt sofort zu der Stelle und ruft völlig verblüfft: »Nun sieh dir das an – ich mußte wegen einem heiraten, und hier wachsen sie wie wild!«

*

Ein nicht mehr ganz junges Ehepaar macht Urlaub auf dem Bauernhof. Eines Morgens beobachten sie interessiert das Geschehen auf dem Hühnerhof.
Die Ehefrau zeigt auf den fleißigen Hahn. »Hast du das gesehen?«
»Ja, ja«, winkt er ab, »aber jedesmal eine andere!«

Es fragte der Quizmaster:

»Was zieht eine kluge Frau zuerst aus, um ihren Mann ins Bett zu bringen?«
»Den Stecker vom Fernsehapparat.«

ERNA!
SCHICKSALSSCHLAG MIT
DREI BUCHSTABEN? – DER
ERSTE UND DER LETZTE
IST EIN E.
Grosse

Glücklich, aber müde geht das Ehepaar am Abend der goldenen Hochzeit ins Bett.
»Liebling«, fragt sie, »hast du mich eigentlich jemals betrogen?«
»Ja, mein Schatz«, bekennt er, »ein einziges Mal.«
»Schade«, seufzt sie, »das könnten wir jetzt wirklich gut brauchen.«

*

Herr und Frau Neumann sehen sich einen Sexfilm an. Auf dem Höhepunkt des Geschehens fragt sie leise: »Warum liebst du mich eigentlich nicht so leidenschaftlich wie der Schauspieler da?«
»Du kannst vielleicht dämlich fragen«, knurrt ihr Gatte. »Was meinst du, wieviel Geld dieser Bettheini dafür bekommt!«

*

Nachbartratsch im Treppenhaus.
»Haben Sie den furchtbaren Krach gehört, den die Pfeiffers gestern hatten?«
»Natürlich, was war denn da los?«
»Stellen Sie sich vor: Der Mann hatte in den ›St. Pauli Nachrichten‹ nach einer Partnerin für ausgefallene Spiele gesucht. Und ausgerechnet seine Frau hat sich auf das Inserat gemeldet!«

*

Der ältere Herr steht vor dem Spiegel und betrachtet seine Männlichkeit.
»Na, mein Kleiner, wir haben beide doch schon so manche schöne Nacht verbracht, was?«
Tönt die Ehefrau aus dem Nebenzimmer: »Ja, und deshalb hängt er wohl auch so an dir...«

Es fragte der Partygast:

»Was ist der Unterschied zwischen der Frau eines Astronauten und einer normalen Ehefrau? – Die Frau des Astronauten schaut immer hinauf und wartet, daß er wieder runterkommt!«

Ein Seemann, nach langer Fahrt auf der Heimreise, schreibt an seine Frau:
»Liebe Olga, Du kannst aufhören, alles zu putzen und auf Hochglanz zu bringen, denn das ist ziemlich sinnlos. Für die nächsten vier Wochen wirst Du sowieso nur die Zimmerdecke sehen…«

*

Seit einem Jahr ist es immer dasselbe. Er kommt nach Hause, ißt, liest Zeitung und geht schlafen. Eines Abends geht sie verzweifelt zum Großangriff über. Schwarzer BH, schwarzes Spitzenhöschen, schwarze Strapse, schwarze Strümpfe und schwarze Stiefeletten. Zu leiser Musik umtanzt sie ihn, dann legt sie sich seufzend auf die Couch. Erschreckt läßt er die Zeitung sinken, sieht sie an und fragt: »Um Gottes willen, wer ist denn gestorben?«

*

Eine Frau, die an Blutarmut leidet, geht zu ihrem Arzt. Dieser untersucht sie sorgfältig und schickt sie nach Hause.
»Nun«, fragt ihr Mann, »was hat der Arzt festgestellt?«
»Er sagte, ich muß was für mein Liebesleben tun. Mehr Sex. Fünfzehn- bis zwanzigmal im Monat.«
»Okay«, antwortet ihr Mann, »für zweimal kannst du mich vormerken.«

Die junge Frau fragt ihren Ehemann: »Du, Erwin, steht schon fest, was wir heute abend wollen?«
Er grinst sie an und sagt: »Und wie! Faß nur mal an!«

*

Nach elf Jahren Ehe bekommen der Pastor und seine Frau doch noch Nachwuchs. Sie lassen am nächsten Tag eine Anzeige in die Zeitung setzen:
»Wir freuen uns über die Geburt unseres Sohnes und danken dem Herrn, der über uns wohnt.«

*

Das Bundesligaspiel hat noch nicht begonnen, als Lehmann mit seiner Frau auf den Fußballplatz kommt.
»Aber da sind ja schon zwei Mannschaften auf dem Rasen«, wundert sie sich.
»Das ist doch erst das Vorspiel«, belehrt er sie.
Aufhorchend fragt sie: »Und wie lange dauert das?«
Lapidare Antwort: »Zweimal fünfundvierzig Minuten.«
Da mustert sie ihn kritisch von der Seite und seufzt: »Davon kann ich ja nur träumen...«

*

Ein älterer Patient erfährt beim Internisten zu seinem Schrecken, daß er einen Schrittmacher braucht. Er ist völlig durcheinander und stammelt: »Werde ich hinterher noch... Sie wissen schon...?«
»Natürlich«, beruhigt ihn der Arzt. »Sie werden auch weiterhin Ihre Frau befriedigen können.«
»Das ist ja wunderbar«, ruft da der Patient erfreut aus, »das ist mir nämlich bisher noch nie gelungen!«

Der junge Vater kommt in die Klinik. Freudestrahlend umarmt er seine Frau.
»Hast du unser Kind schon gesehen?« fragt er.
»Ja«, flüstert sie zurück. »Aber ich liebe dich trotzdem.«

Es sagte der Ehemann:

»Natürlich liebe ich dich noch mit der gleichen Leidenschaft wie früher. Ich bewege mich nur so langsam, damit die Zigarettenasche nicht ins Bett fällt.«

Die Ehefrau schreckt hoch. »Liebling, wir haben verschlafen!«
Ihr Mann wirft einen Blick auf den Wecker. »Er steht.«
»Kommt nicht in Frage«, wehrt sie ab, »sonst erwischst du die S-Bahn nicht mehr.«

*

Empört läßt die Ehefrau die Zeitung sinken.
»Erwin, hier steht, daß jeder deutsche Mann im Durchschnitt pro Jahr einhundertvierzigmal Geschlechtsverkehr hat. Wo bleiben eigentlich bei dir die restlichen einhundertzweiunddreißigmal?«

*

Der Meinungsforscher ruft bei Frau Wiesbeck an und sagt: »Bei Ihrem gemeinsamen Fragebogen gibt es eine Diskrepanz. In der Spalte ›Häufigkeit des Geschlechtsverkehrs‹ schreibt Ihr Mann ›einmal wöchentlich‹ und Sie ›mehrmals pro Nacht‹.«
Sie ist ein bißchen verlegen. »Ja, aber doch nur, bis wir unser Häuschen abbezahlt haben!«

Der Verlagsleiter liegt mit seiner Frau im Ehebett. »Brigitte«, sagt er plötzlich, »mir ist gerade etwas eingefallen.«
Seufzt sie: »Das ist ja nichts Neues!«

Es seufzte die Ehefrau:

»Wenn doch alles so steigen würde wie der Fleischpreis...«

Der Herr des Hauses hat einen vergnügten Abend verbracht. Er wankt nach Hause und läßt sich ins Bett fallen. Seine Gattin will ihm einen Streich spielen. So nimmt sie ein kleines rotes Schleifchen und windet es ihm um das, was ihn zum Mann macht.
Am anderen Morgen wacht er benommen auf. Plötzlich erblickt er das rote Schleifchen und murmelt vor sich hin: »Daß ich gestern abend mit dem Kegelverein im Eros-Center war, das weiß ich. Aber daß ich einen Preis gewonnen habe, das ist mir völlig entfallen!«

*

Müde und hungrig kommt der Ehemann am Freitagabend nach Hause. Es duftet nach selbstgebackenem Kuchen, den er sofort probieren möchte.
Aber seine Frau protestiert: »Nichts da, der bleibt stehen bis Sonntag!«
Nachts im Bett fängt sie sanft an, ihn zu streicheln. Mit Erfolg.
Aber dann brummt er plötzlich: »Nichts da, der bleibt stehen bis Sonntag!«

Mißvergnügt sagt Alfons zu seiner Frau: »Manche Frauen können anziehen, was sie wollen, ihnen steht einfach nichts!«
Etwas giftig kommt darauf die Antwort: »Und es gibt Männer, die können ausziehen, was sie wollen – da ist es genauso...«

*

Das Ehepaar hat getrennte Schlafzimmer. Mitten in der Nacht wird der Ehemann durch das Schreien seiner Frau aus dem Schlaf gerissen.
Er rennt hinüber zu ihr und sieht gerade noch, wie ein fremder Mann aus dem Fenster springt.
»Er hat mir was angetan!« schluchzt sie.
»Aber Margot, warum hast du nicht früher geschrien?« fragt der erschrockene Ehemann.
»Weil ich zuerst dachte, du wärst das. Aber als er dann zum zweitenmal...«

*

»Stell dir vor«, überfällt die junge Ehefrau ihren spät heimkehrenden Mann, »kaum warst du heute morgen aus dem Haus, ist ein Mann in unser Schlafzimmer eingedrungen und hat mich vernascht!«
»Wo ist der Kerl?« schreit der Ehemann.
»Die Polizei hat ihn vor kurzem abgeholt, als man die Hilferufe hörte.«
»Was? Vor kurzem?« Der erschütterte Ehemann geht in die Knie. »Da hat er...?«
Sie nickt.
»Den ganzen Tag?«
Ihre Augen werden feucht; sie nickt wieder.
»Mein armes Täubchen. Und da konntest du schließlich doch noch um Hilfe rufen?«
Senkt das Täubchen den Kopf. »Ich nicht – er!«

Es sagte der Ehemann:

»Liebling, immer wenn ich dir sage, wie sehr ich dich liebe, schlägst du die Augen nieder. Warum?«
»Ich will sehen, ob es auch stimmt.«

Völlig außer sich ruft Lehmann mitten in der Nacht die Zeitungsredaktion an.
»Meine Frau hat Fünflinge bekommen!«
»Wie bitte?« meldet sich der Redakteur vom Dienst. »Wollen Sie das bitte wiederholen!«
»Um Gottes willen«, stöhnt Lehmann, »auf keinen Fall!«

*

Der Ehemann wacht auf und kann nicht mehr einschlafen. Was tut er? Er liegt da mit offenen Augen und wartet darauf, daß die Standuhr schlägt. Aber sie tut's nicht.
Da murmelt er ärgerlich: »Verdammt! Das alte Ding steht wieder!«
Seine Frau richtet sich im Nachbarbett auf und sagt ganz glücklich: »O Konrad!«

*

Gespannt verfolgt das alte Ehepaar den Auftritt des berühmten Wunderheilers.
»Und nun können Sie meine magischen Kräfte erproben«, sagt der Wunderdoktor. »Legen Sie eine Hand auf die Stelle Ihres Körpers, die krank ist.«
Die alte Dame legt eine Hand auf ihr Herz. Ihr Mann plaziert seine Hand in seinem Schoß.
Da sagt sie leicht vorwurfsvoll: »Aber Heinrich, er will Kranke heilen, nicht Tote auferwecken!«

Nach langen Ehejahren schlafen die beiden wieder einmal miteinander.
Er: »Um Gottes willen, Liebling, habe ich etwas falsch gemacht?«
Sie: »Nein, warum?«
Er: »Mir war so, als hättest du dich bewegt!«

*

Die Ehefrau gedenkt, ihren Kopf durchzusetzen.
»Wenn du mir das Kleid nicht kaufst, werde ich im Bett streiken!« sagt sie wütend.
Darauf er, ganz gelassen: »Nur zu, nur zu! Meine Sekretärin ist der hübscheste Streikbrecher, den du dir denken kannst!«

Es seufzte der Ehemann:

»...immer zu müssen ist genauso schlimm wie nie zu dürfen!«

Ein nicht mehr ganz junger Ehemann spürt eines Nachts, daß sich bei ihm etwas regt. Also weckt er seine Frau und sagt: »Liebling, schau nur, was sich bei mir tut!«
»Fein«, flüstert sie. »Komm schnell zu mir!«
»Nein, komm du lieber zu mir«, meint er. »Ich weiß nicht, ob er die Reise übersteht.«

»An Fliegenpilzen kann man sich nur einmal sattessen!«
oder
Arsen statt lebenslänglich

»Was soll nur werden, wenn ich nicht mehr da bin?« röchelt der schwerkranke Firmeninhaber seiner Frau ins Ohr.
Die tätschelt ihm beruhigend die Fieberwange. »Jetzt stirb du erst einmal – und dann sehen wir schon weiter.«

*

Wurmsmüller blättert im Reisebüro in den Reisekatalogen. »Ich suche für meine Frau einen Winterkurort in den Bergen. Haben Sie etwas Hübsches mit Lawinengefahr?«

*

Die Ehefrau liest ihrem Mann aus der Zeitung vor.
»Stell dir vor, der Heiratsvermittler, durch den wir uns kennengelernt haben, ist gestern nacht ermordet worden.«
»Na und?« sagt der Ehemann ungerührt. »Ich habe ein Alibi!«

*

Zwei Männer kommen auf dem Friedhof ins Gespräch.
»Wen betrauern Sie?«
»Meine Frau. Und Sie?«
»Meine Schwiegermutter.«
»Auch nicht schlecht.«

*

Völlig erschöpft kommt die Fabrikantengattin nach Hause und sagt zu ihrem Mann: »Du mußt unbedingt den Chauffeur hinauswerfen. Zweimal hat er mich heute fast getötet.«
Ihr Mann zuckt nur mit den Schultern und sagt gelangweilt: »Gib ihm noch eine Chance.«

»Ich sehe Schreckliches«, flüstert die Wahrsagerin und blickt von der Kristallkugel auf. »Ihr Mann wird morgen ums Leben kommen.«
»Das ist mir bekannt«, antwortet die Besucherin. »Was ich wissen möchte: Werde ich freigesprochen?«

Es sagte die Ehefrau:

»Also, mein Mann hat doch immer ein Mordsglück: Gestern läßt er sich gegen Unfall versichern, und heute schon ist er überfahren worden!«

Der Arzt sieht sich erst den Patienten im Bett genau an, dann blickt er zu dessen Ehefrau hinüber und sagt: »Er ist tot.«
Da röchelt der Totgesagte: »Verzeihung, das stimmt nicht.«
»Sei doch nicht immer so vorlaut!« herrscht da die Ehefrau ihren Mann an. »Du wirst es doch nicht besser wissen wollen als der Doktor...!«

*

Waiblinger ist ganz erschüttert, welcher Schicksalsschlag seinen Kollegen getroffen hat.
»Ich höre, Ihre Frau hat sich das Genick gebrochen, als sie neulich die Kellertreppe runterfiel.«
»Ja«, bestätigt der Kollege, »ich kochte gerade Nudeln, und sie wollte das Gulasch aus der Tiefkühltruhe holen.«
»Das ist ja schrecklich!« sagt Waiblinger mitfühlend. »Was haben Sie denn dann gemacht?«
Der Kollege zuckt mit den Schultern. »Spiegeleier.«

Der Ehemann kommt in die Apotheke und sagt zum Apotheker: »Ich hätte gern fünf Gramm Arsen.«
»Haben Sie denn ein Rezept?« will der Apotheker wissen.
Der Mann bedauert und meint gelassen: »Nein – aber ein Foto von meiner Frau.«

*

»Ich habe nur Pech in der Ehe«, erzählt Hubmann in der Kneipe seinem Theken-Nachbarn. »Zweimal war ich verheiratet – meine erste Frau starb an giftigen Pilzen und meine zweite an einem Schädelbruch.«
»Wie grauenvoll«, sagt der andere mitfühlend, »wie ist denn das mit Ihrer zweiten Frau passiert?«
»Na ja – sie wollte ihre Pilze nicht essen...«

*

Knapp vier Wochen ist das junge Paar verheiratet, da ruft sie ihre Mutter an und schluchzt: »Wir hatten einen Riesenkrach! Was soll ich bloß machen?«
»Nur ruhig, mein Kind, das kommt in jeder Ehe mal vor«, redet ihr die Mutter gut zu.
»Schon, aber ich weiß nicht, wohin mit der Leiche.«

Es fragte die kleine Tochter:

»Mutti, wie lange bist du eigentlich schon mit Vati verheiratet?«
»Zehn Jahre, mein Kind.«
»Und wie lange mußt du noch?«

Nach der Beerdigung sitzt der Witwer einsam in seinem Wohnzimmer, neben sich eine Flasche Kognak. So trifft ihn der Pfarrer an, der dem Leidgeprüften Trost zusprechen will.
Argwöhnisch blickt der Seelsorger auf die Flasche und fragt: »Ist das etwa Ihr einziger Trost?«
»Nein, nein, Herr Pfarrer«, versichert der Witwer, »Sie können ganz beruhigt sein, ich habe noch zwei Flaschen im Keller.«

*

Nach kurzem schweren Leiden liegt der Firmeninhaber im Sterben. Mit letzter Kraft flüstert er seiner Frau zu: »Ich muß dir noch etwas gestehen. Ich habe dich mit meiner Sekretärin betrogen.«
Flüstert seine Frau zurück: »Was meinst du wohl, weshalb ich dich vergiftet habe?«

*

Die junge Frau ist sehr schön. Sie ist ganz in Schwarz gekleidet und steht vor dem Juwelier.
»Meine Dame, was kann ich für Sie tun?« fragt dieser zuvorkommend.
»Mein Mann ist gestern gestorben und hat testamentarisch verfügt, daß eine halbe Million Mark für einen Gedenkstein ausgegeben wird. Legen Sie mir doch bitte Steine in dieser Preisklasse vor.«

*

Bachhuber liegt im Sterben, und im letzten Augenblick trifft der Notar ein. Bachhuber diktiert mit schwacher Stimme sein Testament, wird aber immer wieder von seiner Ehefrau unterbrochen.
Schließlich schlägt er wütend auf die Bettdecke und grollt: »Verdammt! Wer stirbt hier eigentlich – du oder ich?«

Der Ehemann ist gestorben, und die Nachbarin spricht der jungen Witwe ihr Beileid aus.
»Das einzige, was mich am Tod meines Mannes trösten kann«, seufzt die junge Frau, »ist, daß er keine lange Leidenszeit hatte.«
»Ach«, sagt die Nachbarin, »so kurz waren Sie verheiratet?«

Es fragte die Ehefrau:

»Wenn ich mal sterbe, heiratest du dann gleich wieder?«
»Um Gottes willen, nein, dann erhole ich mich erst einmal!«

Das Ehepaar geht spazieren. Er zehn Meter vor ihr. Es kommt ein Gewitter auf. Plötzlich schlägt ein Blitz neben dem Mann ein.
Sagt er: »Na, na.«
Der zweite Blitz schlägt zwischen den Eheleuten ein.
Er: »Na, na.«
Der dritte Blitz trifft die Frau. Darauf ihr Mann: »Na also!«

*

Bernheimer liegt im Sterben. Seine Ehefrau sitzt am Bett und schluchzt: »Ach, Gottfried, ich werde dir bestimmt bald folgen!«
Da richtet sich Bernheimer mit letzter Kraft auf und flüstert beschwörend: »Das eilt nicht, Elvira, laß dir nur Zeit!«

Ein Mann geht mit seiner Frau eine Krawatte kaufen.
Er verlangt eine rote. Sie sagt: »Rot paßt nicht zu dir.«
Er nimmt eine blaue. Sie: »Blau steht dir nicht.«
Er zieht einen Revolver, schießt und sagt wütend: »Eine schwarze, bitte.«

*

Lächelnd geht der Ehemann hinter dem Sarg seiner Frau her.
Einer der Trauergäste hält ihm vor: »Sag mal, deine Frau ist gestorben, und du bist so vergnügt?«
Erklärt er versonnen: »Ja, das ist das erste Mal, daß wir beide zusammen ausgehen und uns dabei nicht streiten!«

Es fragte der Reporter:

»Fünfzig Jahre sind Sie jetzt mit Ihrer Frau verheiratet. Haben Sie denn in dieser langen Zeit niemals an Scheidung gedacht?«
»An Scheidung eigentlich nie – aber an Mord!«

Ganz begeistert legt der Ehemann das Besteck auf seinen Teller und sagt zu seiner Frau: »Mmmh, hat das heute geschmeckt, Schatz! Kannst du morgen das gleiche nicht noch mal kochen?«
Sie schüttelt den Kopf. »Tut mir leid, Liebling, an Fliegenpilzen kann man sich nur einmal im Leben sattessen!«

*

Der Arzt wundert sich. »Haben Sie denn nicht bemerkt, daß Ihr Mann einen Herzinfarkt hatte?«
»Nein«, versichert die Ehefrau. »Etwas merkwürdig ist es mir allerdings schon vorgekommen, als er nach zwanzigjähriger Ehe plötzlich ›Oh, Karin, mein Herz!‹ flüsterte.«

...UND DU BRINGST DANN DIE KINDER!
Grosse

Merkler versucht völlig vergeblich, seinen Kollegen etwas aufzumuntern. Schließlich fragt er ihn: »Warum so trübsinnig?«
»Ach«, seufzt der Kollege, »ich wollte meinen Kummer ertränken, aber ich konnte meine Frau nicht dazu bringen, ins Wasser zu gehen.«

*

Die Ehefrau kommt zur Polizei und sagt: »Ich habe eben meinen Mann erschossen.«
»Was?« fährt der Beamte auf.
»Jawohl, aber in Notwehr.«
»Wieso – hat er Sie bedroht?«
»Ja, natürlich. Als er in meiner Hand den Revolver sah, schrie er: ›Wenn du mich verfehlst, bring' ich dich um!‹ «

*

Die Freunde fragen den sturzbetrunkenen Silberbräutigam: »Was ist denn bloß los mit dir?«
»Ach«, meint dieser, »als ich fünf Jahre verheiratet war, ging ich zum Anwalt und sagte ihm, daß ich meine Frau am liebsten umbringen würde. Er hat mich davon abgebracht; es hätte mich zwanzig Jahre gekostet. Und, Jungs, stellt euch vor – heute wäre ich ein freier Mann!«

Es fragte der Quizmaster:

»Was ist der Unterschied zwischen einer Witwe und einer Strohwitwe? – Die Witwe weiß, wo ihr Mann liegt.«

Oskars Frau soll beerdigt werden. Alle Trauergäste sind schon da, nur der Witwer fehlt. Nach langem Suchen finden sie ihn endlich im Schlafzimmer beim Liebesspiel mit dem Kindermädchen.
Helle Empörung. »Deine Frau ist noch nicht einmal unter der Erde, und du vergnügst dich hier mit dieser Person!«
»Seht ihr«, meint Oskar, »ich weiß in meinem Schmerz schon gar nicht mehr, was ich tue!«

*

Ein Mann liegt in sehr kritischem Zustand im Krankenhaus und sagt zu seiner Frau: »Wenn ich sterbe – schwöre mir, daß du dann meinen Teilhaber heiratest.«
»Aber ich denke, den haßt du so«, wundert sich die Ehefrau.
Seufzt der Schwerkranke: »Eben drum!«

*

Krause weigert sich, zur Beerdigung der vierten Frau seines Kollegen zu gehen.
»Das kannst du nicht machen«, wendet seine Frau ein. »Du warst beim Begräbnis seiner ersten drei Frauen doch auch dabei.«
»Stimmt, das ist es ja«, sagt Krause, »aber allmählich wird es mir peinlich, daß ich keine Gegeneinladung aussprechen kann.«

*

Die junge Witwe ist untröstlich. Sie hört nicht auf zu jammern. Ihre beste Freundin versucht sie zu trösten.
»Die Zeit heilt alle Wunden. Warte ab, in einem Monat hast du wieder Spaß am Leben.«
»In einem Monat?« schluchzt die Witwe. »Noch so lange?«

Zwei Männer spielen Golf. Als ein Trauerzug vorbeikommt, nimmt der eine seine Mütze ab und verharrt ein paar Sekunden völlig regungslos.
»Das war aber eine nette Geste von Ihnen«, sagt der andere.
»Was heißt hier Geste?« antwortet der erste besinnlich. »In ein paar Tagen wären wir schließlich fünfundzwanzig Jahre verheiratet gewesen.«

*

Die junge Witwe ist in Tränen aufgelöst. Der Pfarrer versucht ihr Trost zu spenden.
»Sie wissen doch, meine Liebe, da gibt es einen, an den Sie sich mit all Ihren Wünschen und Hoffnungen immer schon gewendet haben und der Ihnen auch in Zukunft beistehen wird...«
»Ja, ja, den gibt es, Herr Pfarrer«, schluchzt die junge Frau, »aber er denkt gar nicht daran, mich zu heiraten!«

*

Bei der Beerdigung gebärdet sich der Hinterbliebene vor der Verwandtschaft wie von Sinnen.
»Meine geliebte Frau!« schreit er. »Warum läßt du mich allein? Ich kann nicht leben ohne dich! Herr, erfülle mir eine Bitte, laß sie wiederkommen!«
In diesem Augenblick rührt sich am Fuß des Grabes, in das der Sarg soeben versenkt wurde, ein Maulwurf.
Erschreckt bleibt der Wehklagende stehen, tritt verstohlen mit dem Fuß auf die sich bewegende Erde und zischt: »Ein bißchen scherzen wird man ja wohl noch dürfen, oder?«

»Na bitte, mein Mann hat wirklich keine Ahnung!«

oder

Der schönste Sprung ist der Seitensprung

»Deine notorische Untreue beweist mir, daß du durch und durch schlecht bist!« schimpft die Ehefrau, als sie ihren Mann zum wiederholten Mal mit einer anderen erwischt.
»Irrtum!« korrigiert er lächelnd. »Es beweist, daß ich rundum gut bin.«

*

Bossler kommt früher als gewöhnlich von der Arbeit nach Hause und erwischt seine Frau mit einem Fremden im Bett.
Er will gerade losbrüllen, da unterbricht sie ihn: »Reg dich nicht auf, es gibt Schlimmeres. Auf dem Wohnzimmertisch liegt ein Schreiben vom Finanzamt.«

Es sagte der Experte:

»Nach wiederholten ›Heim-Niederlagen‹ sollte man es 'mal mit einem ›Auswärts-Spiel‹ versuchen.«

Das verliebte Paar auf der Bank umarmt sich leidenschaftlich. Plötzlich bemerkt der Liebhaber einen Mann, der um die Bank herumschleicht und seiner Angebeteten dauernd irgendwelche Zeichen macht.
»Hauen Sie ab, Mann«, ruft er wütend.
»Entschuldigen Sie bitte«, sagt der Mann schüchtern, »aber meine Frau hat den Haustürschlüssel...«

*

Die Ehefrau des Jägers liegt mit ihrem Liebhaber im Bett. Da hört sie ihren eifersüchtigen Mann kommen.
Sie feuert ihren Liebhaber an: »Mach schneller, Schatz! Bewegliche Ziele trifft mein Mann nie.«

Der Ehemann überrascht seine Frau bei eindeutiger Liebelei mit dem Briefträger.
»Du dumme Pute!« brüllt er sie an. »Bist du noch zu retten? Du treibst es mit dem Postboten, und beim Metzger haben wir über fünfhundert Mark Schulden!«

*

Freimüller ahnt, daß seine Frau ihn betrügt, aber es fehlt ihm jeglicher Beweis. Also engagiert er einen Detektiv. Eine Woche später ist es soweit.
Freimüller steigt auf das Flachdach eines Hauses, wo sein Spürhund schon auf ihn wartet. Mit Ferngläsern schauen die beiden ins Schlafzimmer eines nahe gelegenen Bungalows, wo sich gerade ein eindeutiges Geschehen abspielt.
Freimüller wendet sich wütend ab. »Das reicht ja wohl für die Scheidung!«
Der Detektiv aber ist fasziniert. »Mann!« keucht er. »Warum wollen Sie sich denn scheiden lassen? Das Weib ist doch eine Wucht!«

*

Der Ehemann kommt dahinter, daß seine Frau fremdgegangen ist. Er ist stocksauer. »Heißt das«, schimpft er, »daß du genug von mir hast?«
»Nein«, erwidert sie, »das heißt, daß ich nicht genug von dir habe!«

*

»Was macht ihr denn da?« brüllt der Ehemann erregt, als er seine Frau mit ihrem Geliebten im Bett erwischt.
»Was hab' ich dir gesagt«, meint die Ehefrau zu ihrem Liebhaber, »der hat wirklich keine Ahnung!«

Würbser kommt unerwartet nach Hause und findet seine Frau mit einem Fremden im Bett. Er holt seine Pistole aus der Schublade und will beide erschießen.
»Bloß nicht!« schreit seine Frau voller Entsetzen. »Was glaubst du denn, wer uns das Wochenendhaus gekauft hat und den Mercedes und meine Pelze?«
»Waren Sie das etwa?« fragt Würbser.
Der andere nickt.
»Dann decken Sie sich gefälligst zu, oder wollen Sie sich erkälten?«

Es sinnierte der Ehemann:

»Was ist der Unterschied zwischen einem Freund des Hauses und einem Hausfreund? – Der Freund des Hauses kommt, wenn er will. Der Hausfreund will, wenn er kommt.«

»Warum läßt du es mich eigentlich nie spüren, wenn du einen Orgasmus hast?« will der Ehemann wissen.
Antwortet sie: »Weil du da nie zu Hause bist.«

*

Er ertappt seine Frau in flagranti. Sekunden schaut er den beiden zu, dann geht er wortlos zum Ehebett, schnappt sich seinen Konkurrenten, schleift ihn zum Fenster, öffnet es und wirft ihn aus dem zweiten Stock hinunter.
Die Frau schreit entsetzt auf. »Um Himmels willen, er wird sich den Hals brechen!«
»Wieso denn?« sagt er voller Wut. »Wer so vögeln kann, der muß auch fliegen können.«

Es verteidigte sich der Ehemann:

»Aber Liebling, du weißt doch, daß ich dich nicht betrüge! Höchstens mit einer Frau, die es besser macht als du. Und das weiß ich doch immer erst nachher.«

Nach zehn Ehejahren erklärt Werner seiner Frau, er habe eine Geliebte.
»Bitte, Schatz, reg dich nicht auf. Bob und Fred haben auch eine, und deren Frauen haben sich gut damit abgefunden. Unsere Freundinnen tanzen alle im Ballett der Roxy-Bar. Heute abend gehen wir sie anschauen.«
Abends erklärt er eifrig: »Dort links die Blondine ist Bobs, die in der Mitte ist Freds, und die am Ende, die mit den roten Haaren, ist meine.«
Lange und genau schaut sich die Ehefrau die drei Mädchen an, dann sagt sie: »Weißt du, Liebling, unsere gefällt mir am besten.«

*

Möllmann erwischt seine Frau in flagranti. Er zieht die Pistole.
»Ihr habt mich jetzt lange genug zum Narren gehalten. Zuerst werde ich diesen Kerl, dann dich und dann mich erschießen. Noch ein letzter Wunsch?«
»Ja«, sagt seine Frau. »Wenn es schon sein muß, dann bitte in umgekehrter Reihenfolge!«

*

»Das ist ja ein Ding!« zischt der Rennstallbesitzer, als er seine Frau mit seinem besten Jockey im Bett erwischt. »Das ist jedenfalls das letzte Mal, daß Sie für mich geritten sind!«

Unverhofft kommt der Ehemann nach Hause und findet seine Ehefrau mit einem anderen im Bett. Er holt sofort seinen Revolver und brüllt: »Du Scheißkerl, ich schieß' dich über den Haufen!«
»Bitte nicht, Otto«, ruft seine Frau. »Gib ihm noch dreißig Sekunden!«

Es sagte der Eheberater:

»Sobald eine Ehefrau im eigenen Haus die Hosen anhat, zieht sie der Mann in anderen Häusern aus...«

Am frühen Nachmittag bekommt die hübsche Ehefrau Besuch vom Freund ihres Mannes. Unverblümt bietet er ihr fünfhundert Mark für ein Schäferstündchen. Fünfhundert Mark sind viel Geld, und sie willigt ein.
Abends wird sie von ihrem Mann gefragt: »Sag mal, war der Ludwig eigentlich heute hier?«
Sie wird nervös. »Ja. Warum fragst du?«
»Er wollte heute die fünfhundert Mark zurückbringen, die ich ihm geliehen hatte.«

*

Als der Graf von einem Empfang spät nach Hause kommt, findet er seinen Diener mit einem Glas alten Cognacs und einer Zigarre gemütlich in einem Sessel sitzend vor.
»Es scheint Ihnen ja ausgezeichnet zu gehen«, meint der Graf sarkastisch, »warum nehmen Sie nicht auch gleich noch meine Frau auf den Schoß?«
»Daran hatte ich auch schon gedacht«, antwortet der Diener, »aber bei der ist schon der Chauffeur.«

Er kommt von einer Reise zurück und findet sie mit seinem besten Freund im Bett. Er zieht sich in die Bibliothek zurück und weint bitterlich. Da kommt seine Frau zu ihm, legt tröstend die Hand auf seine Schulter und sagt leise: »Liebling, sei nicht traurig. Denk doch mal, es hätte doch auch ein Fremder sein können!«

Es sagte die Ehefrau:

»Ich verstehe nicht, warum mein Mann sich so aufregt, nur weil ich ihn betrüge. Ich setze ihm doch nur die Hörner wieder auf, die er sich vor der Ehe abgestoßen hat!«

Herr und Frau Kindlein liegen schon im Bett und schmusen ein bißchen, da kommt der kleine Michael ins Schlafzimmer und sagt: »Papi, gib mir zehn Mark.«
»Wie kommst du denn darauf?« wundert sich der Vater.
»Weil mir der Onkel Paul auch immer zehn Mark gibt, wenn er mit der Mutti im Bett liegt.«

*

Die Ehefrau findet ihren Mann mit einer langhaarigen Blondine im Bett.
»Nur eine Anhalterin«, sagt der Ehemann. »Sie war hungrig, da hab' ich ihr was zu essen gemacht. Dann hab' ich ihre ausgelatschten Schuhe gesehen und ihr die Sandalen geschenkt, die du seit zwölf Jahren nicht getragen hast. Auch ihr zerrissenes T-Shirt haben wir gegen eine Bluse getauscht, die du nie anziehst, und als sie dann gehen wollte, hat sie mich gefragt, ob es noch irgend etwas gibt, was du nicht mehr brauchst...«

Aufgeregt stürzt der Ehemann in das Zimmer des Stationsarztes und brüllt: »Das Baby meiner Frau ist ja ganz schwarz! Hier muß eine Verwechslung vorliegen!«
»Da haben Sie recht«, bestätigt der Arzt. »Aber die Verwechslung liegt bereits neun Monate zurück.«

*

Ein Häftling bricht nach zwei Jahren aus der Zelle aus und schlägt sich nach Hause durch. Er will unbedingt zu seiner Frau.
Sie liegt mit einem anderen im Bett und ruft erschrocken: »Mensch, Udo, haben wir denn schon neunzehnhundertachtundneunzig?«

Es sagte die Ehefrau:

»Deine Muffeligkeit treibt mich noch zur Scheidung. Das ist nun schon der fünfte Hausfreund, den du mir vergrault hast!«

Dem jungen Paar wird nach fünf Monaten ein Kind geboren. Sagt der Ehemann, der geglaubt hat, daß seine Frau unberührt in die Ehe gegangen ist: »Gib zu, daß das Kind nicht von mir ist!«
»Wieso?« sagt sie darauf. »Es ist ein Siebenmonatskind.«
»Aber wir sind doch erst fünf Monate verheiratet«, brummt er finster.
Wundert sie sich: »Na und? Weißt du nicht, daß Siebenmonatskinder immer zwei Monate zu früh auf die Welt kommen?«

WIR HABEN UNS IM GUTEN GETRENNT. MEINE FRAU HAT DIE KINDER, UND ICH DAS KINDERMÄDCHEN.

Die junge Frau des Afrikaforschers ist von Eingeborenen entführt worden. Der besorgte Ehemann nimmt sich einen Fährtensucher und verfolgt die Flüchtenden.
Sie reiten und reiten, schließlich sagt der Fährtenleser: »Bis jetzt haben sie achtmal Rast gemacht. Einmal, um zu essen und zu trinken...«

*

Der Ehemann glaubt, daß seine Frau ihn betrügt, und engagiert einen Privatdetektiv. Nach einer Woche berichtet der Schnüffler: »Ihre Frau hat sich mit einem gutaussehenden Mann getroffen. Die beiden sind ins ›Excelsior‹ gegangen und haben ein Doppelzimmer genommen.«
»Konnten Sie sehen, was dann geschah?«
»Ich habe mich nebenan einquartiert und bin unter Lebensgefahr von meinem Balkon auf den Nachbarbalkon geklettert.«
»Und dann?«
»Dann haben sie das Licht ausgemacht, und ich konnte nichts mehr erkennen.«
»O Gott, o Gott«, stöhnt der Ehemann, »immer diese Ungewißheit!«

*

»Dieses raffinierte schwarze Spitzenhöschen habe ich ja noch nie an dir gesehen!« argwöhnt der Ehemann.
»Das kannst du auch nicht«, erwidert sie honigsüß. »Ich habe es nämlich erst gestern im Auto unter deinem Sitz gefunden!«

*

Der Ehemann kommt nach Hause und entdeckt im Kleiderschrank einen fremden nackten Mann. Noch bevor er etwas sagen kann, gibt seine Frau mit unschuldigem Augenaufschlag zu bedenken: »Reg dich jetzt nicht auf, Erwin. Gestern im Theater hast du über die gleiche Szene Tränen gelacht.«

Die Frau eines Münchners, der vorgegeben hat, geschäftlich an den Starnberger See fahren zu müssen, wird von einer Freundin angerufen.
»Du, ich habe deinen Mann gestern in Starnberg am Seeufer mit einer reizenden Blondine am Arm gesehen.«
»Na und, was hast du denn am Arm eines Mannes in seinem Alter erwartet?« fragt die Ehefrau bissig. »Eimerchen und Schaufel?«

*

Alfred steht in der Kneipe am Tresen und bestellt ein Bier nach dem anderen.
»Hast du Kummer?« fragt der Wirt.
Sagt Alfred: »Wie man's nimmt. Ich komme nach Hause, da finde ich meine Frau mit einem anderen im Bett.«
»Hast du ihn nicht sofort rausgeworfen?«
Alfred schüttelt den Kopf. »Nein, aber ich bin hinausgegangen und hab' die Tür so fest zugeknallt, daß sie bestimmt gemerkt hat, wie sauer ich bin!«

*

Als das Ehepaar goldene Hochzeit feiert, sagt der Jubelgreis in vorgerückter Stunde zu seinen Schwiegersöhnen: »Ja, ja, meine Lieben, ich habe in meinem Leben vielen Ehemännern Hörner aufgesetzt.«
Da meint die Jubilarin mit mildem Lächeln: »Ich nur einem einzigen!«

»So ein Scheidungstag, so wunderschön wie heute...«

oder

Der Ehe-Tragödie letzter Teil

Zwei Freunde haben sich zum Frühschoppen getroffen. Sagt der eine: »Du, ich bin restlos pleite. Ich habe mich scheiden lassen, und das war viel teurer als damals die Hochzeit!«
»Na ja«, meint der andere tröstend, »dafür hast du aber auch viel länger Freude dran!«

*

Die Ehefrau hat endgültig genug und geht zum Scheidungsanwalt.
»Ich habe ja nichts dagegen, daß er mich betrügt«, sagt sie, »aber ich kann einfach nicht zu dritt in einem Bett schlafen!«

*

Aumann hat es seiner Frau endlich gesagt, daß er sich von ihr scheiden lassen will.
»Hast du dir auch überlegt«, fragt sie scharf, »daß du nie wieder eine Frau wie mich finden wirst?«
»Ja«, murmelt Aumann, »das ist ja meine ganze Hoffnung.«

*

Verbittert erscheint Lehmann beim Rechtsanwalt, um die Scheidung einzureichen.
»Es ist mir einfach unmöglich, mit meiner Frau zusammenzuleben«, beklagt er sich.
Der Anwalt hört ihn geduldig an und will dann wissen: »Wie viele Kinder haben Sie denn?«
»Acht«, knurrt Lehmann.
»Acht Kinder«, wundert sich der Anwalt, »und da behaupten Sie, es sei Ihnen unmöglich, mit Ihrer Frau zusammenzuleben?«
»Alle nur aus Wut«, erklärt Lehmann da, »alle nur aus Wut!«

Der Scheidungsanwalt bespricht mit seiner Klientin das Für und Wider der von ihr gewünschten Scheidung.
»Aber irgend etwas muß doch an Ihrem Mann auch positiv gewesen sein, als Sie ihn damals heirateten«, gibt er zu bedenken.
»Ja, das schon«, gibt die Ehefrau zu, »aber wir haben es bis auf den letzten Pfennig verbraucht!«

*

Der Richter schüttelt ungläubig den Kopf. »Sie wollen also behaupten, Sie wären zu dieser Straftat verführt worden?«
»Ja, Herr Vorsitzender«, versichert der Angeklagte, »meine Frau hat mir versprochen, wenn ich ins Gefängnis komme, läßt sie sich scheiden.«

*

»Es gibt wirklich nur einen Grund, weshalb ich mich nicht auf der Stelle von dir scheiden lasse!« tobt die Ehefrau.
»Da bin ich aber gespannt«, höhnt der Ehemann.
»Ich möchte gar zu gern deine Witwe sein!«

*

Zur Hochzeit schenkt er ihr einen Sportwagen und einen Nerz. Als sie von der Hochzeitsreise rund um die Welt zurückkommen, überschreibt er ihr sein Vermögen. Einen Monat später meldet er Konkurs an.
Kurz darauf erklärt seine Frau dem Scheidungsrichter: »Ich habe nun wirklich genug von meinem Mann!«

*

Kopfschüttelnd fragt der Anwalt: »Sie wollen sich von Ihrem Mann scheiden lassen? Hat er Sie denn betrogen?«
»Nein«, seufzt sie, »womit denn?«

Der Ehemann hat den Anwalt beauftragt, mit seiner Frau zu reden.
»Frau Buchner«, sagt der Anwalt, »Ihr Mann will sich von Ihnen scheiden lassen, weil Sie angeblich nicht zu ihm passen.«
»Ach, Unsinn, Herr Rechtsanwalt«, entrüstet sich die Ehefrau. »Mein Mann ist ein Trottel. Ich passe wirklich sehr gut zu ihm.«

*

Der Richter blättert in seinen Unterlagen. »Also gut, gnädige Frau. Sie wollen sich wegen seelischer Grausamkeit scheiden lassen. Was verstehen Sie eigentlich darunter?«
»Das kann ich Ihnen sagen, Euer Ehren. Er hat die Waage vier Kilo vorgestellt, und ich habe den ganzen Garten umgegraben!«

Es sagte die Ehefrau:

»Unglaublich, wie ungerecht diese Scheidungsrichter sind! Der Richter hat die Kinder meinem Mann zugesprochen. Dabei sind sie gar nicht von ihm.«

Das Ex-Ehepaar ist auch nach der Scheidung noch gut befreundet. Als sich der Mann den Arm bricht, ruft er eines Abends seine Frau an und bittet sie, ihm beim Baden zu helfen.
Vorsichtig hilft sie ihm in die Wanne. Als sie ihm den Rükken einseift, merkt sie, wie sich an der Vorderseite ihres Verflossenen etwas regt.
»Ist das nicht süß«, seufzt sie, »er kennt mich noch!«

Karl-Heinz hat vor dem Gerichtsgebäude auf seinen Freund gewartet und fragt jetzt begierig: »Na, hast du es geschafft? War die Scheidung schwierig?«
Der andere macht ein fröhliches Gesicht. »Nein, überhaupt nicht. Der Richter war doch der erste Mann meiner Frau!«

*

Die Ehefrau bleibt bei ihrem Entschluß und erklärt ihrem Anwalt: »Für mich ist mein Albert kein Mann mehr. Ich möchte wirklich geschieden werden.«
»Hm«, meint der Anwalt, »für eine Scheidung benötigen wir aber feststehende Tatsachen.«
»Genau«, sagt die Ehefrau, »deshalb möchte ich ja geschieden werden.«

*

Der Familienrichter will von der Ehefrau wissen: »Warum wollen Sie sich denn scheiden lassen?«
Sagt sie anklagend: »Weil mein Mann im Bett unersättlich ist. Nachts will er mindestens dreimal und vor und nach jeder Mahlzeit auch.«
Der Richter wendet sich an den Ehemann: »Was haben Sie dazu zu sagen?«
Er lächelt verlegen. »Also, wenn Sie mich fragen – ich könnt' schon wieder!«

Es fragte der Kollege:

»Warum wollen Sie sich denn scheiden lassen?«
»Weil meine Frau jede Nacht durch alle Kneipen der Stadt zieht.«
»Ist sie Alkoholikerin?«
»Nein – sie sucht mich...«

GUT, GUT, HUBERT, DANN SPIELEN WIR EBEN: ICH SEHE WAS, WAS DU NICHT SIEHST.
Groese

Beim Rechtsanwalt sitzt gerade eine Klientin, die ihm bis in alle Einzelheiten ihre Ehe schildert.
»So, jetzt habe ich Ihnen ehrlich und aufrichtig alles erzählt«, sagt sie schließlich, »und möchte Sie nun bitten, mir genauso offen zu sagen, ob ich mit diesen Schilderungen meine Scheidung durchsetzen kann.«
Der Anwalt schüttelt bedauernd den Kopf. »Sie nicht, gnädige Frau, aber Ihr Mann...!«

*

Zwei Kolleginnen machen Kaffeepause und unterhalten sich.
»Sag mal«, fragt die eine, »wolltest du dich nicht scheiden lassen?«
»Eigentlich ja«, bestätigt die Kollegin, »aber vorige Woche ging bei uns der Fernseher kaputt, und da lernte ich meinen Mann als einen gescheiten und herzensguten Menschen kennen.«

Es erklärte der Freund:

»Meine Frau und ich, wir haben uns gütlich geeinigt. Sie bekommt die Kinder – und ich bekomme das Kindermädchen...«

Petra will sich scheiden lassen. Ihr Anwalt sucht nach Gründen.
»Trinkt er?«
»Nein.«
»Brüllt, tobt oder schlägt er?«
»Auch nicht.«
»Wie steht's mit der Treue?«
Petra strahlt. »Da kriegen wir ihn ran – unser Jüngstes ist nicht von ihm.«

Der Scheidungsanwalt fragt die Ehefrau: »Wann hat Ihr Mann aufgehört, Sie zu lieben?«
Sagt sie empört: »Schon in der Hochzeitsnacht – nach lächerlichen vier Stunden!«

*

Zwei ehemalige Arbeitskollegen treffen sich, und der eine verkündet ganz stolz: »Ich habe mich vor kurzem selbständig gemacht.«
Der andere ist beeindruckt. »Toll! Auf welchem Gebiet?«
»Ich habe mich scheiden lassen.«

*

»Und wann haben Sie gemerkt, daß Ihr Mann Sie nicht mehr liebt?« fragt der erfolgreiche Scheidungsanwalt.
»Das war«, schluchzt Frau Wolter, »als ich die Kellertreppe hinunterfiel, und mein Mann mir von oben zurief, wenn ich schon einmal unten sei, dann könnte ich gleich eine Flasche Bier mitbringen...«

Es sagte der Ehemann:

»Seit der Trennung von meiner Frau wird jeder jetzt notwendige Verkehr durch unseren Rechtsanwalt erledigt!«

Der Scheidungsanwalt hat eine neue Klientin.
»Sie wollen sich also scheiden lassen, Frau Körner«, sagt er, »und wie soll es durchgeführt werden?«
»Ich übernehme die Schuld, Herr Rechtsanwalt«, meint die Ehefrau großzügig, »und mein Mann die Schulden!«

Die Freunde sitzen beim Bier zusammen.
»Hast du dich wieder mit deiner Frau versöhnt?«
»Wie kommst du denn darauf?«
»Na, gestern habt ihr doch einträchtig nebeneinander Holz gehackt.«
»Unsinn, wir haben die Möbel geteilt!«

*

»Ich habe die Villa behalten«, berichtet die Junggeschiedene, »er die Jacht, das Auto und den Hund.«
»Und euer Geld?«
»Teilen sich die Anwälte.«

Es stand in der Zeitung:

»Heute feiere ich in aller Stille und in großer Zufriedenheit das Fest meiner Silbernen Scheidung.«

Hansmann ist ein alter Säufer. Seine Frau hat es endlich wahrgemacht und sich von ihm scheiden lassen. Hansmann geht zum Abendblatt.
»Ich – hicks – will 'ne Scheidungsanzeige aufgeben...«
»Eine Scheidungsanzeige? Wie soll denn der Text lauten?«
»Hicks – so ein Tag, so wunderschön wie heute...«